吐息はやさしく支配する

崎谷はるひ

幻冬舎ルチル文庫

CONTENTS ✦目次✦

吐息はやさしく支配する

✦イラスト・志水ゆき

✦カバーデザイン＝齊藤陽子(CoCo.Design)
✦ブックデザイン＝まるか工房

吐息はやさしく支配する

恋愛関係にない相手と寝る。情を交わす。セックスする。ファックする。

言いかたはそれぞれあろうけれども、カタカナ語になるとずいぶん軽く感じられる。

セックスフレンド、このイメージはライトで薄っぺらい。ところがこれを情事と言い換えたとたん、湿っぽくほの暗い雰囲気になる。

情事という言葉の定義のひとつには、「夫婦でないものたちについての情愛」というのがあるらしい。情愛。たとえ身体《からだ》の相性がいいだけの話でも、情で、愛があるのか？

「……またなんかむつかしいこと考えてる」

「いて」

額《ひたい》をぐいと指で突かれて、健児《けんじ》は眉間《みけん》にしわが寄っていたことに気づかされた。

軽く息をついて見おろした相手の、長めの前髪が乱れ、汗で頬《ほお》に張りついている。その隙《すき》間《ま》から、あまい紅茶色の目が潤《うる》んだまままこちらを見つめていた。

「アタマいい大学でた男って、エッチの最中もなんかいろいろ考えるもん？」

「大学関係ねえだろ」

揶揄《やゆ》の目つき、響きと口調で、およそ褒めていないことがわかる。むっとしたまま指を払

いのけ、答える代わりに腰を押しこむと、組みしいた相手の細い喉《のど》から「あっ」と嬉《うれ》しそうな声があがった。

「そっちこそ集中しろよ」

「あはは、ん、ん、ごめ、んっ」

のけぞった首筋。乳白色でシミひとつない、なめらかな肌。不思議なことに本来浮きでるべきのど仏すらもほとんどわからない。反るほどになってはじめてラインがあらわれる、ごくかすかな隆起に舌を這《は》わせると、ぶるりと細身の身体が震えた。

「噛《か》んで……」

「どこを」

「どこでもいい、噛んで。強く」

痕《あと》がつくくらい、痛いことして。かすれた声でせがみながら、こちらの背中をかき抱き、突きあげにあわせて腰を振る。

「んあ、い、いい、そこ……っ」

慣れきった仕種《しぐさ》、効果と威力を存分に知ったあまい声。そして絶妙に締めつけながら刺激してくる、熟れた粘膜。

なぜだかいらついて、健児は相手の長い脚を片方摑《つか》み、強引に持ちあげた。すらりとした足首を肩に引っかけ、さらに奥へと腰を進ませると、彼は、いきなりの深さに一瞬だけ驚いた顔をした。

「ちょ、強引……っ」

そんな顔も、するのか。めずらしい表情を見つけて、なぜか溜飲《りゅういん》がさがった気がしたのもつかの間。すぐに、はあっと熱いため息をついた相手は、挑発的に自分の指の背を噛んだ。

「なに、おれってそんなに、いい？　我慢できない？」

くすくすと笑い、毒があるほどの上目遣いで言ってのける。瞬時にいらだちがつのり、舌打ちと同時にののしりが口をついた。

「黙ってろっつの、萎《な》えんだろっ」

「あっは、んなこと言ってガチガチ……あんっ」

遠慮会釈なく揺さぶってやったのに、いやがるどころか笑いだした。その合間に混ぜこむ吐息としなる身体の媚態《びたい》。どれもこれもみだらで、悩ましく――そして腹だたしいほどに、きれいだった。

「ね、キスして」

汗をかいた健児の頰に、しろい手がふれる。やさしいと言ってもいい手つきでぬぐった水滴を唇に運び、赤い舌が舐《な》める。ぬるりとやわらかな、その感触を知っている。味わえばこれ以上なくあまくとろける舌だ。

「……しねえよ。つかこの体勢じゃ、無理だろ」

「おれの身体、やわらかいよ？」

ちゃんと届くから、おいで。誘われて、顔をしかめたまま唇へと食らいついた。とたん喉奥でくっくっと笑われ、健児のなかでまた、不快な熱がせりあがる。

「なんなんだよてめえは」

「ははは、健児くんカワイイ」

いいこだよね、と頭をなでられ、今度こそ健児はキレた。しゃべる暇がないほど乱暴に揺さぶり、濡《ぬ》れた唇からはもう、濡れた声しかでなくする。

「あ、いい、あ、あ、あん、あっ」

からかうような笑みを浮かべていた顔が、苦悶《くもん》に似た表情へと変わった。さきほど健児が指摘されたように眉間にしわをよせ、息づかいを荒らして、長い脚をじたばたともがかせる。

「あ、あ、いい……っ」

「……くそ」

粘膜の吸いつきがまた一段とすさまじくなった。うねり、絞りあげるような動き。こんなことが男の身体でできるのかと思うくらい複雑なそれに、健児のまぶたが軽く痙攣《けいれん》する。

「あ、目、ぴくってした。いく？」

「まだしゃべれんのか、よっ！」

どこまで余裕だと、あえぐ唇に嚙みついた。とたん舌をもぐりこまされ、生き物のようなそれに口腔《こうこう》が蹂躙《じゅうりん》される。負けるか、と震えそうな手を伸ばして、硬く尖《とが》った乳首を両方きつくつねると「あう」とキスしたままの男があえいだ。

「あ、それ、反則、あ、ああ、だめだめだめ」

「うっせぇ。さっさといけ」

「やだ、もっとする……やっやっ、あ！」

胸が弱いのは知っている。試しに乳首だけを延々いじり倒したらあっけなく射精したこともある。だけれど、なるべく長く愉《たの》しみたいという彼は「おさわり禁止」などとふざけたことを言って、あまりさわらせない。

「やだ……いや、吸ったら、あぁ、だめ、あっ」

じたばたする腕を押さえこんで、突きながらきつく左胸に吸いつくと、びくんと腰が跳ねた。健児の身体に絡みついていた長い脚がこわばり、結合部の収縮が激しくなる。

（なかイキしやがった）

しかめた顔、わななく唇と浅い息。造りだけはあまい美貌《びぼう》からようやく余裕をはぎとって、健児はほくそ笑んだ。

「乳首でいくとか、開発されすぎだろ」

「しょ、しょうがない、じゃん。好きなんだ、も……っあぁもう！　や、だ！」

いったばかりで激しくされるのはつらい、と泣き顔を見せる。さんざん翻弄《ほんろう》された、せめ

ても の意趣返しだ。そう酷薄に笑いながら、健児はじっと乱れた顔を見おろした。

「もう、や……終わって、も……っ」

さっきまでの余裕ぶった顔はなく、声も切れ切れになっている。切れ長の目尻《めじり》には涙さえ浮いていて、これが演技でない保証はなかったけれど、男としては満足感を得た。

容赦なく突きいれるうちがわは、どろどろにとろけて痙攣している。粘りつく収斂《しゅうれん》にともすると負けそうになりながらも、肉を打ちつけて悲鳴を引きずりだしてやった。

「あ、や、ああ、あああ」

「噛んでやろうか、乳首」

「っ！　い、や……」

もういい、とかぶりを振った相手を無視して、わざとらしく舌をだし、首から胸へと舐めおろしていく。いや、いや、と言いながら肩を押しのけようとする手は弱い。つまりは期待されている。

「もっぺんいけよ」

「い、……いや、やだって、あ、あっ」

命令するように告げて、奥に含ませたものを揺らすようにうごめかしながら周囲の薄い肉ごと歯に挟み、そこから徐々に狭めて突起に歯をたてた。この角度から顔は見えない。だが紅茶色の目がはっと見開き、そのあと苦しげに閉じたのはわかる――知っている。

「う、ン……っ！」

腹のあたりが生ぬるく濡れて、いった、と確認したとたん健児にも限界がきた。胸から口を離すと背中をそらし、ぐ、と歯を食いしばる。

（くっそ……）

まるで吸いだされるような粘膜の吸着は、全身を総毛立たせた。根本まで押しこむようにしてみっちりと密着させながら、細い腰を押さえつけ、なかに放つ。開放感と、わずかな敗北感に健児の肩が揺れ、身体のしたからはとぎれとぎれのあまい声がする。

「あー……あ、でて、る、でてる……これ、すき……っ」

汗が目にしみて、片目をすがめたまま眺めると、自分の指を噛み、うっとり目を潤ませながら射精の瞬間を味わう彼がいた。薄い下腹部がびくりびくりと震え、薄赤い色にそまった内腿《うちもも》が不規則に、意味のない開閉を繰り返す。それはまるで、男の精を飲み干す嚥下《えんか》の動きにも思え、無意識に乾いた上唇を舐めた。

「この、淫乱《いんらん》が」

顎《あご》をあげ、さげすむような目で見おろしたつもりだったけれど、打たれ強い相手はにっこり微笑《ほほえ》み、健児の顔へと指を伸ばす。

「あは。その顔、エッチでいいね」

とたん、なぜだかひどく負けた気がして、肩を落とした。

彼――和以《かずい》はそんな健児の身体を「重い」と笑いながら抱きとめ、けらけらと妙に機嫌よさそうに笑った。

＊　＊　＊

「それ、誰からの手紙？」

肩越しに覗《のぞ》きこまれ、笹塚《ささづか》健児は身じろいだ。

裸の肩にふれた手は細い。けれどわずかに荒れている。水仕事が多いせいだろう。

芳野《よしの》和以、二十八歳。健児より四つ年上の彼は、健児の勤め先からすぐ近くのカフェ＆デリ《藪手毬《やぶてまり》》の雇われ店長だ。

「誰って、弟……みたいなやつから」

「ふうん、いまどきめずらしいね。手書きの手紙とか」

「おれが携帯持ってねえからだろ」

つぶやくように答えた健児は、手にしていた手紙をジーンズのポケットにつっこむと、煙草《たばこ》をくわえていた唇から細くゆるい煙を吐きだした。それを視線で追い、和以は「あれえ」と首をかしげた。

「持ってないって、でも、あるじゃない」

和以が目で示したのは、ベッドサイドのテーブルに置かれた携帯電話だ。仕事上、単独で走りまわることも多いため、携帯は欠かせない。健児はそっけなく答えた。

「仕事用だ。プライベートではいっさい使ってない」

「……あれ、おれはプライベートじゃないんだ?」

くすくすと笑って、和以は背中にぴったりと胸をあわせてきた。数十分まえまでいいだけ扱った柔肌の持ち主は、まだ全裸のままあまえるように頰をすりよせてくる。健児は終わるなりシャワーと後始末を終え、下半身の着衣もすませている。だというのに、彼は「疲れた」と言ってそのまま寝転がって、怠惰に動こうともしない。

汗と、精のにおい。それから彼が使っている香水とこの部屋のにおいが混じりあっている。健児にとっては、セックスのにおいそのものだ。そしてクリームのような、なめらかな肌の感触。不快さと紙一重の欲情がこみあげそうになって、歯を食いしばった。

「あの電話であんたを呼びだしたことはないだろう」

「あ、そうだっけ?　そういえばそっかー、おれ健児くんの電話番号知らないもんね」

「いまさら気づくのはそこか?」

「え、だって楽しいし?　楽しければ、細かいことはいいじゃん」

ふふふ、と微笑む和以の顔は、どこかふわりとしている。さきほどまでの快楽の余韻だと言いたいところだが、ふだんからゆるい表情をする男なので、そうも言いきれない。

口のなかにいれたらほろりと崩《くず》れる砂糖菓子のような、あまい容姿。長いまつげにふっくらとした唇、繊細な鼻梁《びりょう》、やわらかく色素の薄い、長めの髪。たかだか街の喫茶店の店長をやるには派手すぎるルックス。もともと海外のショーにでるようなモデルをやっていたこともあると聞いて、納得した覚えがある。

「デリバリーのトレイのどこに、メモ仕込もうかなって考えるとわくわくするんだよね。なんか〝秘密の逢《あ》い引き〟って感じで」

これ、とちいさく折りたたんだ紙片を指に挟み、煙草をくわえた健児の目のまえでひらひらと振る。思わずその細い手首をつかみ、にらんだ。

「あぶねえだろ、火ぃついてんだぞ」

「心配してくれるんだ、やさしー」

「……あほか。おれが危ないんだよ」

背中にしなだれかかっている身体ごと強引に振り払った。「わー」と間抜けな声をあげてベッドに倒れた和以は、目をまるくする。

(なんだその顔)

肩すかしを食らったような、いままで一度もあまえさせたことなどないのに、そうさせない健児に驚いたような、無防備な顔。すくなくとも、自分に向けるものではないだろう。

健児は立ちあがると、サイドテーブルの灰皿で煙草をもみ消した。その背中をじっと眺める和以は、うつぶせにシーツへと寝そべる。

「帰るの？」

「これから仕事」

「えー、もう深夜だよ？　なんの仕事？」

けだるい声をだす和以に、健児は「守秘義務」とひとこと言って背を向けた。

といって、緊急の用事があるわけでもない。フレックスを通り越して自由すぎる職場では、遠方への出張でもない限り、一日のうち一度は顔をだす決まりになっているだけだ。そして健児は先週まで深夜帯に働くことが多く、いまだデイタイム出勤の状態に戻っていなかった。

「創十郎《そうじゅうろう》さん、最近会ってないけど元気？」

健児の雇い主である男の名前を呼ぶとき、和以の声には独特のあまみが乗せられる。どこか子どもっぽいようなそれがカンに障るのは、セックスの直後に職場の人間の名前など聞きたくないからと――やっかいな人間関係を思いだすからだ。

「所長か？　ふつうに元気だろ。この間も、クライアントの美魔女口説いてめんどう起こしそうになってた」

「あはは、女好きは相変わらずだなあ。むかしはほんとかっこよかったからねえ、修羅場も年中だったんだよね。いっぺん、おれのまえで刺されそうになったことあったし」

心底楽しそうに笑う神経がわからず、健児はうろんな目を向ける。「なあに」と首をかしげる和以に、ため息をこぼした。

「そんな修羅場男が初恋とか、あんたつくづく趣味悪いと思って」

「子どものころの話だし？　本性知るよりさきに好きになったんだもん」

へらへらと笑う和以の言葉は、なにがどこまで事実なのか判別がつかない。もう一度ため息をついて、健児は数時間まえに脱ぎ捨てたはずの自分の服を探した。

だが、さきほど風呂を借りるまえにジーンズを拾った床に、カットソーは落ちていない。

（ん？）

はたと振り返り、和以を見ると、きれいな身体を惜しげもなくさらしたままベッドのうえで伸びをしていた。その腰のあたりに、健児の探していた服が敷かれている。

「おい、それ」

「んん？　ああ、これ？」

はいどうぞ、と差しだされたカットソーを見るなり、健児はげんなりと顔をゆがめた。身につけようにも、しわだらけのうえに微妙なシミがついている。

「おま、なんだよこれ」

「なんだよって、さっきまで気づいてなかったの自分もじゃん」

「おめーは気づけっつの！　こんなん着て帰れるかっ」

汚れた部分を広げて見せ、和以に投げつけた。「おっと」と声をあげ、意外な反射のよさで飛んできたカットソーを受けとめた和以が、くしゃくしゃのそれをじっと見つめたあと、鼻先をうずめてくん、と鳴らす。

「あっは、やらしいにおいつき」

「――――！」

ますます顔をしかめた健児は、ふたたびそれをひったくった。和以はけらけらと笑いだす。

「健児くんてさあ、そんな見た目なのに神経質だよね」

「そんなってのは、なんだよ。人間としてふつうの感覚だ」

健児はふだんひとから「怖い」と言われる目つきをさらに鋭くした。一九〇センチの長身に、彫りの深い精悍《せいかん》な顔は持ってうまれただけの話だ。じろりとにらむが、和以はまったくひるむ様子もなく、自分のやわらかそうな髪をつまんでみせた。

「アタマとかさ。アシメのアッシュ系とかいかにもイカツイじゃない」

「こりゃ知りあいが勝手に染めたり切ったりしてんだよ」

アシンメトリーの不揃《ふぞろ》いなヘアスタイルは、野性的なルックスに似合うからと、知人が好き放題遊びたがるのだ。色も、ついさきごろ「新色がでた」とかで試された。健児自身気にいらないわけではないし、カットモデル代わりに料金をただにしてもらっているので文句も言えないが、べつに粋がってしているわけでもなんでもない。

「そっちこそ、そんなナリで雑すぎんだろ」

「えー。だからうらやましいよね、ワイルド系。部屋散らかしてても、男臭いキャラだとなんかＯＫされそう」

「……それも偏見だろ」

第一、いくらワイルドな見た目とはいえ、健児はごくふつうの現代人だ。上半身裸で街をうろつきまわるわけにはいかない。ぐしゃぐしゃと頭をかきむしり「なんかねえか」と問う。

「なんかって着替え？　あるよ、ちょっと待ってて」

ひょいと起きあがった和以は、裸足《はだし》の足音をぺたぺたと響かせながらフローリングの床を歩く。ひとり暮らしには広すぎる、３ＬＤＫのマンション。二十五階建ての二十三階に位置するこの部屋の間取りは十五畳から二十畳はあるだろう。おまけに主寝室と客用寝室、それぞれにバストイレつき。

シンプルながらひと目で高級さのわかるファニチャー類は部屋の壁紙や間取りとのなじみ具合から、この部屋のためにデザインされたものだとわかる。

なにより、エントランスにはコンシェルジュつき、そのほかサービス施設のラウンジやゲストルームあり。

はっきり言ってセレブ御用達のこれも、モデル時代の稼ぎで手にいれたのだと言っていた。

「はい、これ」

差しだされた服は、大柄な健児にもちょうどいい大きさのシャツだった。そしてどう考えても和以のものではない。健児ほどではないにせよ、すらりと長い手足をした彼はそれなりの長身だが、このシャツは身頃が大きすぎる。

「これ、あんたの?」

「ううん、まえにつきあってた彼の忘れもの」

にこにこと笑う和以の悪びれなさに、あきれるような気分になる。一見はなんの変哲もない、シンプルな白いシャツ。タグを見ると、健児にはあまり覚えのないブランドの名前が記されていたが、手触りと縫製だけでもかなりの高級品だとわかった。

「BORRELLI……ボレッリ、か? よく知らんけど、これ高いんじゃねえの。返さなくていいのか」

「返されるほうが迷惑だと思うから」

どういうことだ。目顔で問うと、和以はあくびをしながら全裸のままでベッドへと戻る。腰かけたとたん、いきなりコンパクトに感じるのは彼が痩《や》せていて脚だけが長いからだろう。

そして、さらっとディープなことを打ちあけられた。

「うーん、おれ知らなかったんだけどね、ふたまたしてたみたいで。相手の子、妊娠《にんしん》しちゃったし、もうばれそうだから二度と連絡すんなって、メールで言われたっきり、会ってない」

「直接話もしなかったのかよ。卑怯な男だな」

顔をしかめて健児が言うと「あー、怒ってくれるの?」と嬉《うれ》しそうに笑う。

「あんたのためじゃねえよ。そういうみみっちいやり口がきらいなだけだ」

「健児くんはそうだよねえ、悪ぶって見せるけどまっすぐさん」

またころりとベッドに転がり、ほおづえをついた和以がくすくすと微笑む。彼のこの目つきは好きではない。妙にあまくて、胃がちりちりするのだ。

「気色の悪い言いかたすんな。なんだまっすぐさんって」

「そのまんまですよ。かわいいなあ」

けらけら笑う姿に毒気を抜かれ、健児はため息をつく。いちいち和以の言うことを取りあっていても意味はない。おもしろがられるばかりだからだ。さっさと退散するに限る。

シャツを身につけ、椅子《いす》の背に放っておいた上着を羽織った。春になったとはいえ、バイクで移動する身にはレザージャケットは欠かせないアイテムだ。

「ね、次いつする？」

背中からの声に、髪を手櫛《てぐし》で整えながら「さあな、気が向いたら」と答えた。とたん、能天気な和以の声が膝《ひざ》から力を奪った。

「わー、悪い男の台詞《せりふ》っぽーい、かっこいーい」

「……あほか？」

健児の脱力感に輪をかけたのは、振り返ったさき見つけた、人間の子どもほどはありそうな巨大なぬいぐるみの手足をふにふにといじっている和以の姿だった。

「いい歳《とし》して、なんなんだよそのぬいぐるみは」

「プレゼントにもらったんだよ。さわり心地よくてさ」

巨大なくまのぬいぐるみは、本日この部屋に訪れたときから引っかかってはいたが、あえてスルーしていたものだ。ベッド脇に置いてあったせいで、気が散ってしかたなかった。

二十八にもなる男にぬいぐるみ。どういうチョイスだと思いはするものの、和以のあまったるい美貌には、似合わないとは言いきれない。

ため息をついて、健児はジャケットのファスナーをあげた。

「あんたもさっさと服着ろよ」

「うん、わかって……あ」

「なんだ」

起きあがった和以がもぞりと腰を動かした。さきほどまで絡みあっていた時間に見せたそれと似たなまめかしい動作に、一瞬だけみぞおちがざわつく。

「ざっと拭《ふ》いただけだから、奥からでてきちゃった。お風呂はいらないと」

ほら、と脚をねじって垂れたものを見せようとする。うんざりして、健児は「さっさと風呂いけよ！」と怒鳴った。わざとらしくにんまり微笑んだ和以は、ベッドに腰かけたまま細い足先をゆらゆらさせ、「ほんとに神経質なんだからー」と間延びした声をだす。

「そんなだから、好きだった子にふられたからって、知りあいぜんぶと連絡とらなくなるような、極端なことしちゃうんだよね」

「……あ?」

かーわいい。けらけらと笑った和以を健児は凶悪な目でにらみつけるけれど、楽しそうに見つめ返されるだけだった。

「もう一年以上まえなのに、まだひきずってるしねえ」

「よけいなこと言ってねえで、さっさと腹んなか洗えよ。くだしても知らねえぞ」

「なんだよ、遠慮なくなかだししたの、自分のくせに」

ぷっと唇を尖らせてみせる。黙っていれば繊細な美貌の持ち主だというのに、そぐわない子どもじみた仕種。コケティッシュなそれをもう一度にらみつけ「帰る」と健児は告げた。

「はあい。じゃあまたねー、健児くん。おれもお風呂はいろっと」

ひらひらと手を振る和以が立ちあがる。浴室に向かう途中、「なんか寒いな」と部屋のなかを見まわし、そこで彼が手にとったものに健児はぎょっとした。

「おい、ちょっとそれ」

「うん?」

和以が無造作に羽織ったのは、壁にかけられていた毛皮のコートだ。たしかチンチラだと言っていた気がする。モデル時代にもらっただとかなんとか言っていたが、おそらく数百万はする代物《しろもの》で、雑な扱いをしていいものではないし、ましてや精液が身体についたまま、身にまとうようなものでもない。

だが、まだ情交のあとを残したすらりとした裸体に、異様なほどそのコートは似合ってい
た。白く抜けるような肌の淫靡《いんび》さと、ゴージャスなチンチラの毛皮。ミスマッチもはなはだ
しい状態なのに、和以の美貌はすべてを我がものにしてしまう。

「これがなに？　あったかいし気持ちいいし、いいじゃん」

袖《そで》をつまんで頬ずりしてみせる和以に一瞬目を奪われ、健児ははっとかぶりを振った。

「いや、風呂はいるまえに羽織るようなもんじゃ、ねえだろ」

「だってなんか寒いしさあ、そこにあったんだし」

どこまでもずれた回答に健児は頭を抱え「暖房いれろよ！」とわめいた。

「さっきまで暑かったんだもん。ほんとにうるさいなあ、健児くん。帰るんじゃないの？」

「帰るけどよ！」

なんだか頭痛まで覚えてきた。これ以上ここにいると頭がおかしくなる。和以と話すとい
つもこれだ。それでも性懲《しょうこ》りもなく会ってしまうのは、セックスの相性がいいからで――

そんな自分の自制心のなさにも、いささかうんざりする。

（なんでこんなやつ、相手にしちまったかな）

なんとも複雑な気分で眺めていると、視線を感じたのだろう、和以がくるりと振り返る。

「……もっかいする？」

「この流れで、なんでその発言なんだよ。しねえよ！」

「そっかざんねーん」

たいして残念そうでもなく、和以はふふっと笑ってコートの襟元をかき寄せる。ゴージャスな毛皮から伸びる生白い脚が妙になまめかしい男は、ふかふかした毛皮の肌ざわりを愉しむように頬をすりよせたあとで「あ」となにかを思いだしたような声をあげた。

「そうだ、手紙っていえば――」

「なんだよ？」

またなにか揶揄するつもりかと健児がにらめば、和以は肩をすくめて笑う。

「あ、んー、なんでもないや」

「なんだ、言いたいことあるなら、いま言え」

怪訝《けげん》に問いかけるけれど、「だからいいって」と和以はひらひらと手を振った。

「どうせそのうちわかるし」

「なにが」

「だから、そのうち。じゃあね、ばいばーい」

軽すぎる、そのくせ妙にきっぱりした返事。げんなりし、またその長い脚に一瞬目がいった自分にも舌打ちしたくなった健児は、もはやいとまの挨拶《あいさつ》をする気にもなれず、足音も荒く部屋からでた。

（なんなんだ、あいつはまったく）

和以とは、セックスだけの関係だ。気楽な情交だけを目的としているし、お互いにあまい感情などなにもない。男同士で妙な段取りをとる必要もなく、「やりたければやろうよ」というストレートな和以の言葉に乗っかった。

それにしても彼のあからさますぎるところには、辟易《へきえき》しそうになる。

高速エレベーターでエントランスへ向かうと、二十四時間待機のコンシェルジュが微笑んで「いってらっしゃいませ」と声をかけてくる。このところしょっちゅう顔をだすため、すっかり覚えられてしまった状態だ。どことなく気まずさを覚えつつ、健児も軽く会釈した。

こんな豪華マンションにセックスのためだけに通うなど、本当にどうかしている。

「……人選、間違えたのか？」

ため息まじりにぼやいて、高層マンションのゲスト用駐車場に停《と》めておいたバイクにまたがる。ヘルメットを装着し、バイクグローブをつけようとしたとき、ポケットにいれたままの手紙がかさりと音を立てたのに気づいた。

「來可《らいか》のやつも、あほか」

探りだし、くしゃくしゃになったそれをバイザー越しに眺めて悪態をつく。

几帳面《きちょうめん》な來可らしい、ていねいできれいな字。すこしまるい字体で、筆圧が高いから次の紙にも書いたあとが移っていた。

（相変わらず、まめまめしい字だ）

そして、來可の性格そのものだと健児は思った。

言葉は時を経るごとにどんどん薄くなる。だからこそ、肉筆の濃さ、のようなものが必要なのだと、目のまえに広げた不器用な手紙は訴えているようだ。

内容はいつものとおりだった。元気か、ひさしぶり、たまには顔を見せてくれ。自分のことは心配しなくていい。〝彼〟とはうまくやっている――。

「知りたくもねえっつうの」

こんな手紙が届くようになったのは、健児が大学を卒業し、手紙の差しだし人である岡崎《おかざき》來可との連絡を絶ってからだった。

かつて使っていた携帯電話を解約し、当時住んでいたひとり暮らしのマンションも引き払い、身内からもいっさい、アクセスできないようにした。

それでもこの手紙が届いてしまったのは、おそらくあの、妙に顔の広い男のせいだろう。綾川寛《あやかわひろい》。來可が高校時代、さんざんな目に遭うことになった原因であり、現在は恋人としてべったりの生活を送っている、あまったるい顔の、元四年連続ミスターキャンパス。

大学在学中、ボランティアだなんだとさまざまな活動に顔をだしていたあの男は、通常の大学生とは思えないほどに顔が広かった。おまけに父親は、現在では一部上場企業へ一代でのしあがった会社の社長であり、これまたあらゆるところに顔がきく。その後継者である寛は、この春から父親の会社につとめていると聞いた。

いくら健児が行方をくらましたとはいえ、大学も一応まともに卒業し、現在の職場は在学中からのアルバイトさきだ。転居についても、裏のルートを使って飛んだわけではない。ふつうに調査事務所を使えば一発で割れるだろう。

（いらねえことに、伝手《つて》使ってんじゃねえよ）

おそらく電話やメールも、調べようとすれば調べがつくのだろうが、手紙にとどめたのは來可なりの遠慮、そしてある種の訴えなのだろう。

古い時代には手蹟《しゅせき》そのものが教養や性格をはかるものであったのに、いまでは手書きの字を見ること自体、めずらしくなった。学校での提出物も、パソコンを使ったレポートが多いし、友人同士のやりとりも、基本はデジタルなツールに頼っている。

メールで平均化された文章や感情というのを見慣れていると、どきりとすることがある。デジタルな文字でやりとりをしていくうちに、冷静に薄く上品に、剝《む》きだしの感情をぶつけずにいるよう、すこしずつ訓練されているのかもしれない。

それだけに、短く控えめなこの手紙は、訴えてくるものが多かった。揺さぶられたくない感情を揺らされ、ため息をついてそれをしまった健児は、ふと思いだす。

（字っていえば……）

上着のポケットに手をいれ、さきほどの來可の手紙よりさらにくしゃくしゃになった紙片をとりだす。

『夜、20:00には終わる。家で待っててネ』

和以による短い走り書き。お世辞にもきれいな字とは言えない。メモを記した紙自体も、店でだすナプキンに水性ボールペンで書いたため、あちこち滲《にじ》んでひっかかっている。

そしらぬふりの、セックスの誘い。來可の、シンプルだがそれなりにものを選んだだろうステーショナリーとは比べられない安い紙。

なのに健児はそれをちぎって捨てることもなく、軽くたたんでポケットにしまいこんだ。

どうしてそうしたのか、自分でもよくわからないままバイクのエンジンをかけ、走りだす。

もう春で、それでもまだ風は冷たい。視界をかすめていった、夜に舞う白い欠片《かけら》は、名残雪だったのか桜の花びらだったのか。

たしかめることもしないまま、健児は夜の道をまっすぐに進む。

振り返っているような時間は、ない。

＊　＊　＊

バイクを飛ばしてたどりついたのは、街の一角にある古い雑居ビルだ。築年数はよくわからないけれど、コンクリート打ちっ放しの外壁にはシミやヒビが多数見受けられ、五階建てだというのにエレベーターもない。

一階のエントランス——というほどご大層なものではないが——にあるプレート式のテナント表示は、しょっちゅうその中身が変わるうえに、何度も貼ってはがしたガムテープの残《ざん》骸《がい》が硬化して、かなり見苦しい痕を残している。

蓋《ふた》をあげさげするだけで軋《きし》んだ音をたてる郵便受けは、これまたセキュリティなどなにも考えていない、鍵《かぎ》なしのボックスタイプ。風俗系のどぎついチラシとカードが大量に投げこまれるため、毎日それを分別して捨てるのが健児の仕事のひとつだ。

ピンクなチラシを入り口にあるゴミ箱に放りこみ、何通かの督促状と個人宛の手紙をよりわける。しばし宛名を眺めたあと、紙の束を握った健児は五階までの階段を一段とばしに駆けあがる。

汚れたアルミドアに《なんでも屋・アノニム》というプラスティックのプレートが貼りつけられただけの、インターホンすらない事務所。ここが健児の現在の職場だ。

「おはようございあっす」

のそりと長身をかがめて、古びたドアをくぐった。開閉時にがたつくのは、クレームをつけにきた依頼者（わけあり）や、その依頼者を追いかけてきた怖いお兄さん（業界のひと）が殴ったり蹴ったりしたおかげで微妙にゆがんだせいらしい。

大学在学中からアルバイトにはいっていたこの《アノニム》は、所長をはじめとする健児をふくむ正所員三名、非常勤の準所員が二名、あとは登録派遣にアルバイトという、零細すぎる組織だ。『なんでも屋』という名称だが、この事務所の主な業務内容は労働者派遣事業、つまり人材派遣会社となっている。むろん、問題があるといけないので、警視庁にも探偵業としての届出は提出ずみだが、大抵は雑用仕事が多い。

所長曰《いわ》く「厳選された精鋭のスタッフ」で、引っ越しの手伝い、家具の修繕、パソコンのセットアップから遺品整理に〝ひとさがし〟まで、本当になんでもやる。

おかげで、ふつうに生きていれば知らない世界をかいま見ることもままあった。

「所長、また督促きてましたけど」

「お、そうか。しまったしまった」

所長の加原《かはら》創十郎は、白髪のまじりはじめた頭髪を掻《か》きながら、かかっと笑った。五十代一歩手前のわりには肥満も薄毛の兆しもない頑健な男だ。顔だちも、若いころの端整さをいまだ失ってはいないが、よれたシャツに無精髭《ひげ》、つねに口にくわえている煙草と充血した目が、日常的な生活の荒れ具合を物語っている。

「しまった、じゃないすよ。電話とガスと水道。また止まったらシャレならんでしょう」

ばさばさと督促状を机にぶちまけてやる。創十郎は太い首をすくめて言い訳を口にした。

「先週は健児がずーっと出張でいなかったからなー」

「先週どころじゃないでしょうが、この督促の団子具合。だいいちおれがいなくたって、仁《に》千佳《ちか》とかいるでしょうよ」

加原仁千佳は、創十郎の息子で十八歳の大学生だ。いっしょに住んではいないが、アルバイトとしてこの《アノニム》に出入りしていた。

「仁千佳はいま、ゼミだかなんだかで忙しいんだよ」

「んじゃまあ……やっちゃくんないでしょうけど、衣千瑠《いちる》ちゃんは」

「そっちは彼氏に忙しいんだよ……まだはやいよなあ、彼氏とか、なあ」

娘の彼氏に関しては、ゆるい親父《おやじ》もいささか複雑らしい。だが遠い目をした創十郎に、健児は容赦なく言った。

「あんた衣千瑠ちゃんの交際について口だせる立場ですか?」

「……それ言われたなー」

「誰に」

「おれのもと奥さんズ全員に」

さもありなん、と健児はうなずいてやった。

ちなみに創十郎はバツ三というやつで、元妻が三人。仁千佳は前々妻の子だそうで、さらに最初の妻との間に衣千瑠という十六歳の娘が、前妻との間には五歳の満千也《みちや》という息子がいる。

――最初の奥さんとの子どもが十六歳で、次の奥さんの子どもが十八歳って、年齢がおかしくないすか？

健児が訊《たず》ねたところ、「うん、元々嫁と浮気して子どもできたせいで、元嫁と離婚しちゃった」という、ゆるいにもほどがある返事があった。

ちなみに最初の離婚理由は、原因と結果が逆だったそうだ。

三番目の奥さんに関しては、その一番目と二番目の離婚理由をあとから知ることとなり「さすがにちょっとついていけない」ということであちらから離婚をきりだされたそうだ。おそろしいことにその元妻連合、それなりに仲がいい三人きょうだいのおかげで、おだやかなつきあいを保っているうえ、創十郎とも険悪ではないらしい。

「でもぶっちゃけ言いますけどね、仁千佳の大学と衣千瑠ちゃんの彼氏と、この督促状は、じっさいのとこ根本的にまったくもってなんにも関係なくて、あんたがだらしないだけっすよ。金ないわけじゃないのに、なんでさっさと引き落とし手続きしないんすか」

「おうっ……オジサンのデリケートなハートをいじめないでくれ」

「なにがデリケートだ、毛がぼうぼうで見えねえレベルの心臓だろ」

吐き捨て、うんざりと健児は事務所を見まわす。積み上がった書類に、創十郎が食べたのだろうインスタント食品やデリバリーのゴミと汚れ物、これも創十郎が脱ぎ捨てたらしい服が地層となっている。

たった数日、外での仕事をこなしてきただけでこの有様だ。

「マジで内勤の事務員か、家政婦雇えよ」

うんざりと首を振った健児に対し、なぜかふんぞり返った創十郎は言いはなった。

「無理だ。この状態をきれいにしてくれるスキルと心の強さを持っているのは健児だけだ」

「おっさん、マジふざけんな⁉」

雇い主に対してとんでもない口のききかたではあるが、一事が万事この調子の所長相手ではいたしかたないと健児は開き直っていた。

そしてぶつくさ言いながらも、台所の流ししたの開き戸からゴミ袋を引っぱりだし、片っ端からゴミを放りこんでいく。むろん、分別も忘れない。

「ていうか、江別《えべつ》さんはどうしたんですか。それこそ経理関係あのひとの仕事なんだから、支払い手続きくらいはやってもらっても」

「いま確定申告で死んでるから無理」

ちょい、と創十郎が親指でさしたのは、ドアの磨りガラスに『電算室』というなんとも古めかしい文字のはいった小部屋だ。うっと顔をしかめ、健児はゆるゆるうなずいた。

とたん、ばんっと大きな音をたててドアが開き、いまどきマンガのキャラクターでも見ないような七三分けに黒縁メガネの、ひょろりと背の高い男が現れる。

「けーんーじーくーん」

「……はいッス」

妙にほがらかな声で問いかけてきたのは、話題の江別だ。ぎくりとした健児はゴミの分別に集中するふりで目をそらした。けれど、江別はそんな健児の背後にへばりつき、追及の手をゆるめない。

「この意味不明の経費は、なあんでしょうか?」

長い指につままれ、ひらひらと振られているのは健児が立て替え分請求のため提出した書類だ。しかもそれは店や自動発行の機械などで切られた領収書ではなく、所内で使われている『経費請求書』にかかった総額を書いてだしたものだった。

「えと、書いてありますよね、高速代……」

「とガソリン代ね。東京から仙台だよね? 往復で、なんでこんな二万超える料金になるんですかね? ETC使えば一万いかないですよね?」

「や、いろいろルートの問題とか……途中食った飯とか……」

「食事代なら、内訳はべつにしなさい。ちゃんと領収書つけて再提出」

にこにこと笑いながら、江別はずいと請求書をつきつけてきた。

「いや、突貫で徹夜でバイク便のまねごとしたんすよ⁉ もらってる暇なかったし、立ち食いそばの食券で食ったのとか!」

「半券ちゃんと持って帰ってこないきみが悪いですねえ」

ずいずいつめよってくる江別は身長だけは健児と同じくらいにある。ふだんはまったく迫力のない、にこにこひょろひょろした男ながら、この瞬間は異様におそろしい。

「……どうしてもっすか?」

壁に追いつめられた健児は上目遣いに問い「どうしてもだねえ」と打ち落とされた。

「……家に戻って領収書探します」

「うん、ただしいおこないだ」

うなだれた健児の手に『再提出』の赤い判子がでかでかと押された紙を握らせた江別は、ひょろりと身を翻し、また自分の巣に戻っていく。ドアを開け、引っこもうとした直前で、にゅっと顔を戻した。

「ああ、そうそう、所長も他人事《ひとごと》みたいな顔してますが、健児くんの比じゃないですからね、経費落ちないのは」

「えっ?」

自分のデスクに腰掛け、にやにやとふたりのやりとりを眺めていた創十郎は顔をひきつらせた。

「えっ、じゃないですよー、量が多すぎるのでいまリストにしてますからー。こんなんじゃ、税務署さん許してくれないですからあ」

うふふと笑って、江別は静かにドアを閉じ、残された健児と創十郎は重いため息をついた。

「おれも、領収書探さないとなあ……」

「手伝いません」

「えええ、健児くん、見捨てないで。残業代だすから」

「だされても無理です、別件の仕事残ってるし」

言い置いて、健児は残ったゴミの分別を終わらせるなり、さっさと自分の机に向かった。

個人支給されているパソコンを起動させ、指紋認証でロックを解除する。

創十郎のこだわりか、建物の造りや机、椅子にいたる大型備品まで、どれもこれも昭和じみた空気の漂う事務所ながら、ネットの設備やマシンなどの機材はハイスペックなものばかりだ。といっても、これらはほとんど健児と仁千佳が選んで導入したものだった。

なにしろ創十郎はひどい機械音痴で、この手の機材はほとんど扱えない。年齢を考えてもデジタル創世記世代よりはあとのはずなのに、毛嫌いしていまだに携帯電話すら持ちたがらないという、デジタル・デバイドにおける弱者の典型だった。

そのため、依頼のメールなども基本は放置。創十郎が直接受けるのは電話か手紙、もしくはファックスのみとなるため、事務所の公式サイトには【メールの対応は遅くなります。ご依頼の件について早期対応を望まれる場合、まずはお電話かファックスでご相談ください】という注釈までつけてある。

健児からすれば「いまどき電話？」などと正直思うが、年配者などの場合はやはりメールより電話、手紙のほうが信用に足ると思うらしく、それなりに依頼の数も多い。むしろ電子メールはお手軽感が強いぶん、いたずらや冷やかしも多数というのが実情だった。

（さて、本日のメールは、と）

メーラーを開いて、メールチェックをすませ、依頼のものや報告書と、ＤＭやスパムなどをフォルダに選りわける。事務所のホームページからくる依頼については、件名が設定されているため分別はメールソフトが勝手にやってくれるので造作はない。

内容をチェックし、粗大ゴミ引き取り、書庫の整理、家電の修理など、地味ながらめんどうな、しかしさほどスキルのいらない仕事はアルバイトにふるべく、さらに仕分ける。

（だりー仕事ばっかだな）

失礼ながらそんなことを思っていた健児は、件名別フォルダのうち【その他ご相談】に該当するものが三件あったことに目を光らせた。

「……お」

中身を確認すると、ひとつは単なる冷やかし、もうひとつは【恋人の素行調査を依頼したい】というもの。

そして残った一通は、【ストーカーされています、護衛と調査をお願いします】という書き出しになっていた。

（よしよしよし）

ややこしそうな案件がきた、と健児はほくそえんだ。こういう探偵じみた仕事がおもしろくて、たまたまはじめたアルバイトから抜けられなくなって正所員にまでなってしまったのだ。不謹慎ながら、うきうきした気分で画面をスクロールしていく。はたしてその内容は、健児の期待どおりだった。

【最近、どうもあとをつけられていたり、謎《なぞ》の手紙や贈り物が届いたりということが頻繁です。心当たりがあるとすれば、過去の恋人かと思いますが、判然といたしません。こちらならば信用できると思いまして、お願いにあがった次第です】

メールはかなりの長文だった。依頼者は二十代男性、頻繁におきる妙な現象、無言電話やメールに困っていること。接客業なので、客のなかに相手がいるかと思うと怖い気もするが、無下にもできずにいること。

【あきらかに妙なできごとは、たとえばひとりきりのとき、部屋のなかでテレビを見ながらつぶやいた「アレが食べたい」「コレを買おうかな」というひとりごと、その「アレ」「コレ」が数日後、わたしの仕事場にそっと置いていかれたりすることです】

（盗聴器かなんか、仕込まれてるかな）

典型的なストーキング被害だ――と思いながらも、ずいぶんきっちりとまとまった依頼文に、健児は違和感を覚えていた。

この手の被害者は、大抵は怯《おび》えていて、要領を得ないことのほうが多い。メールの場合は文章を推敲《すいこう》するからマシだと思われがちだが、細かいことを説明できず【なにか変だ、助けてほしい】と訴えてくるのが関の山、初回の面談でこちらが訊きだしてはじめて事態の全容が見える、というパターンが多い。

だがこの依頼主は、事件発生の日から順を追ってしっかり説明しているし、謎の贈り物についても【証拠になるかと処分しないで一応とっておいている】とまで書かれている。

(もともと法的な知識があったのか、それとも異様に冷静なのか……)

なんとももつかない違和感を覚えながら最後まで読みすすめていった健児は、ラストの行、署名の書かれた部分にいきつき、「……はあ⁉」と声を裏返した。

【以上の件、まずはお見積もりよろしくお願いします。——芳野和以より】

思わず、椅子を蹴《け》って立ちあがる。とたん創十郎が「どうしたよ」と声をかけてきた。

「どうしたよ、じゃなくって所長、このメール見て……るわけねえか」

「見ねえよ?」

そこでけろりと返すな。頭を痛めつつ、両面表示モニタの裏側へ、老眼気味の創十郎のためにメール最後の行を大写しした。それでも目をしょぼつかせて確認していた創十郎は、「あっりゃあ」とのんきな声をあげる。

「和以のやつ、そんなことになってたの?」

「なってたのー、じゃねえだろ。あんた、一応はこいつの身内だろ。なんも相談とかされなかったわけ?」

「それ言うなら、おまえこそ和以とやってきて、なんも相談とかされなかったわけ？」

あきれた声の批判は、そっくりそのまま打ち返され、ぐっと健児は口を結ぶ。にやにやとその苦い顔を眺めた創十郎は「困るなあ」とわざとらしくため息をついた。

「もう縁は切れたって言ってもさあ、和以は仁千佳の叔父《おじ》になるんだしさあ、おれからしたら、義弟だしさあ。おまえ彼氏ならちゃんとしてやってくれよお」

「……彼氏とかじゃないっすけど、べつに」

一気に分が悪くなった健児は目をそらすが、創十郎は追及の手をゆるめない。

「やることやっておいて彼氏じゃないとか、最近の若者はどうなってんだ。ちゃんとそういう責任はだな」

「ひとのこと言えるんスか。毎度まいど、責任とりはぐってのバツ三でしょうが」

「慰謝料と養育費はちゃんと払ってるし、父親として子育てには関わってきたぞ？　父親参観日もちゃんといったし、運動会のパパさんリレーもでたし、受験の相談にも乗ってだな」

濁りのない目で言い切られ、健児は膝から崩れ落ちそうになった。

「そら単に、奥さんたちみんなバリキャリ管理職で、所長のほうが昼間の時間に融通きいたからってだけスよね」

若造の身分で言えることではないかもしれないが、子どもに対する責任というのは、イベントごとだけつきあえばいい、というものではないだろう。うろんな目で見た健児に、自覚があるのだろう創十郎は「まあそりゃおいといて」と両手で荷物を置く動作をした。

「とにかく、アレだ、やってんだろ？　んなら、話くらいはできるだろうよ」

「やってるとか言うなおっさん。だいたい、あれが素直に相談だのしてくるタマかよ」

ぼやきつつ思う。なぜ職場でこんな、私生活のなまなましい話をせねばならんのだろう。

じろりとにらむが、創十郎はどこ吹く風だ。血のつながりもないのに、こういう食えなさは創十郎も和以もそっくりだった。

（いや、おれがばかだったんだけどよ）

健児が、毎日職場にデリバリーを運んでくる和以とそういう関係になったのは、オープンなゲイである彼に誘われたからだった。

言い訳をさせてもらえるならば、関係をはじめた当時、健児は彼がただ事務所に出入りする業者だとばかり思いこんでいた。

そのため、関係を気取られぬようにと素知らぬふりでいたのだが、ある日突然、創十郎が言いだしたのだ。

——和以な、めんどくさいやつだけど、やさしくしてやって。

ぎょっとした健児に対し、「なんで知ってんだってツラだな」と笑ったあの顔は、心底おもしろがっていた。

蓋を開けてみれば創十郎は離婚した元妻同様、和以とも円満な関係で、そのセクシャリティについてもしっかり把握しており、お互いあけすけな話をする仲でもあった。

おまけに、和以の店のオーナーは所長の妻であった和佳奈《わかな》、しかも一部創十郎が出資したというのだから、関係性はこれ以上なくずぶずぶだ。健児が撃沈したのは言うまでもない。

――ご丁寧に報告してくれたぞ。『健児くんいただきました』ってな。

健児はこのとき、ひとの悪いオヤジに、ある種の弱みを握られたのだと悟った。思いだすたび、いまでもはらわたが煮えくりかえる。

（そもそも所長のモトヨメの弟とか知ってたら、手なんかださなかったっつうの……！）

いまだにダメージがひどく、なるべくこの事務所内では会話をしないようにしているのだが、それらすべて創十郎にはお見通し――いや、筒抜け状態であるらしい。

「で、依頼、どうするんすか？　あんたにもおれにも直接言わずに、依頼のメールよこしたってのは、どういうつもりかわからんけど。ほっとくわけにはいかんでしょ」

思いきり、話を放り投げてやったつもりだった。けれどやはり一癖も二癖もある所長の返答は、健児の想定した答えの斜めうえを飛んでいく。

「和以は遠慮しいだからなあ」

「は？　どこが」

怪訝に顔をしかめた健児へ、創十郎は「あれはあれでむずかしいヤツなのよ」と苦笑した。

なぜだか、そのわかったような顔が気に食わず、健児は吐き捨てる。

「むずかしい？　軽すぎんだろ」

「食っといて文句言うなよおまえ」

「……だから、食うとかやるとか……」

つくづくあいつは口が軽い、と腹がたつ。だが同時に謎だらけだ。依頼のメールを見ながら健児は思う。なぜ、こういう肝心なことだけ言わないのだ。

そしてそれを不愉快に思っているのはどういうことだ。自分のなかのなにかから目をそらすように、健児はメール画面を消去した。

「ともかく、これが事実なら、ちゃんとしたほうがいいんじゃないすかね」

「うん、してやって」

「……は？」

うん、とうなずいた創十郎は、健児を指さした。思わず自分で自分を指さすと「うんうん」と気味が悪いほどの穏和な笑顔でうなずかれる。

「ちょっ、おれすか」

「ほかに適任いないしょ？　残りはぬるい仕事ばっかだし、それこそ仁千佳でもできると思うし」

「いやいや、ほら。こっちの、恋人の素行調査とか、ほら」

「それは谷沢《たにざわ》んとこに外注かけたほうがはやいでしょ。あっちのがプロだし。尾行したり張り込みするタイプの調査は、人海戦術がいちばんだし、うちいま人手足りないし」

つきあいの長い調査会社の所長の名前をあげ、依頼ごと丸投げすると言う創十郎に「だったら」と健児は食いさがった。

「警備っすよね、それこそ仲手川《なかてがわ》さんとこの警備保障に投げたほうが」

これも提携したことのある警備会社の名前をあげるが、創十郎は「あ、無理」とあっさり言ってのけた。

「なんで無理っすか」

「んー、和以のストーカーってこれが初じゃないんだわ、ほらあいつもと有名人じゃない？　モデル時代はそれこそ、日常茶飯事だったわけ」

なるほどそれで、妙に細かい報告が現時点の依頼書につづられているわけだ。時系列の並びも完璧《かんぺき》、過不足のない説明。いやな慣れだなと健児は思う。

「でもだったら、なおのことプロに任せたほうがいいんじゃないんすか？　おれ、警護みたいな対人系の仕事、やったことないすよ」

健児がアルバイト時代からこなしてきたのは、追跡調査やデータリサーチ、聞きこみなど、ある意味裏方のものばかりだ。むろんまったく他人と接触しないわけではないが、夜逃げの手伝いだとか取り立ての手伝いだとか、どれも荒事に近いものばかり。

この事務所では、家事手伝いや老人の話し相手などのおだやかな仕事も引き受けはするが、健児は見た目の問題もあり、そうした仕事を受けたことはない。つまりクライアントを保護して安心させるようなスキルはゼロなのだ。

そう訴えたが、創十郎は「そんでもおまえが、いちばんもめごと向きだもん」と引かない。

「いやだからもめる前提ならなおのこと、プロじゃないと。巻きこんだらどうする——」

「プロでもね、和以《かい》慣れしてない相手はだめなんだってば」

しみじみとため息をついた創十郎が続けた言葉は、健児にとってさらにいやな気分を増幅させるものだった。

「むかし、それこそ警備会社にボディガード頼んだんだけどね。そのボディガードが最終的にはストーカーに変化《へんげ》しちゃってねえ」

「……それって、つまり?」

「わかるだろ。和以の色気に目ぇくらんで、ボディガード中にいい仲になっちゃったんだけど、そのあとふられたらミイラ取りがミイラ。おまけに相手がプロなもんだから、手口は巧妙だし強いしほんとに……いやあ、めんどうくさかったな」

「めんどうって、どの程度」

「刃傷《にんじょう》沙汰《ざた》一歩手前? 和以殺しておれも死ぬーとかわめいちゃって、包丁振りまわしてね。もうもみ消すの大変よー警察にも怒られてさー。あそこまでの修羅場はなかなか、おれでもお目にかかれないよねー」

はっはっは、と笑う創十郎の神経がわからず、健児は遠い目になった。

「ま、そんなわけで、新しいストーカーできあがるくらいなら、いっそ、最初からデキてる相手のほうがいいかなっと思ってさ」

「軽く言わんでくださいよ！」

「軽く言っても重く言っても事態はいっしょだろー。てなわけで、おまえきょうから和以の担当ね、よろしく」

「ちょっ、よろしくって……」

「いまこの瞬間から、全権委任いたしました。あとは健児の裁量でよろしく。報告だけしてね。あ、あと江別くんへの経費計上は忘れずに」

言うなり、話は終わったとばかりに創十郎は新聞を広げて読みふけりはじめた。これ以上はなにも聞かない、のサインに、健児はぐしゃぐしゃと髪をかきむしる。

それはたしかに、ややこしい事件が起きたらちょっとおもしろい、などと不謹慎なことは考えた。

考えたが、それは〝自分にとってややこしい〟という意味ではなかったのだ——。

「……うっそだろ」

急激に重く感じられる肩を上下させ、深々と息をついてうめく以外、いまの健児にはなにもできることがなかった。

＊　　＊　　＊

翌日の午後、健児はひとまず細かい話を聞くために和以へと電話をかけた。

この携帯でプライベートの相手には連絡しないと言ったのは、たった半日前。苦虫を噛みつぶしたような顔でコール音を聞いていると、五回鳴った時点で相手がでた。

『お待たせいたしました、カフェ＆デリ《藪手毬》です』

軽くはずんだ息に、メール末尾に書かれていた番号が店のものだったと気づく。そういえば午後のこの時間、あの店は混みあうのだ。聞こえないようちいさく舌打ちした。

「おそれいります。《アノニム》の笹塚と申します、店長をお願いします」

『笹塚さまですね、少々お待ちください』

ほがらかな声で受け答えがあったのち、保留の音楽が聞こえてくる。エリック・サティの『Je te veux《ジュ・トゥ・ヴ》』だ。

電話から聞こえてくるのはノイジーなピアノの音のみだが、本来は副題に『歌うワルツ』とつく、シャンソンの名曲だ。「おまえが欲しい」というタイトルのとおり、なまめかしく情熱的な歌詞がついている。さらりとあかるい曲調で激しい愛をうたうのは、ミスマッチに思えるけれど、和以には似合っているかもしれない。

透明で陽気なエロス。まるで彼そのものだと思っていると、音楽が不意にやんだ。

『お待たせしました。店長の芳野です』

仕事場だからか、健児に対してよそゆきの声をだす和以に健児はいささか鼻白んだ。だがこちらも仕事だと、それこそかしこまった口調で答える。

「お仕事中失礼いたします、《アノニム》の笹塚です。ご依頼の件について、お話をうかがいたいのですが、お時間のご都合は？」

『そうですね、もうあと一時間ほどでアイドルタイムになりますので、それからでよければ事務所のほうに伺いますけれど』

ふだんのように間延びしたしゃべりでもない、はきはきした和以の声はどうにもむずがゆかった。こっそりため息をついた健児は、慇懃《いんぎん》に告げる。

「了解いたしました。では三時ごろということで、お待ちいたして――」

とたん、電話の向こうでちいさく噴きだしたのが聞こえ、健児のいらつきが一気にピークに達する。

「……おい、笑ってんじゃねえよ」

『あは、ごめん。健児くんがですます口調でしゃべるとか新鮮で』

くっくっと喉を鳴らすあまい声も、ささくれた神経を逆撫《さかな》でるようだ。仕事仕事と言い聞かせたけれど無駄なことで、健児の声は荒くなった。

「つうか、きのう会っただろ。あんなメール書くまえに、言えばよかったろうが」

『だって会ったときにはもう、メール書いちゃったあとだったんだもん。まあいいじゃん、とにかく三時ね。ついでに差し入れ持ってお伺いしまぁす』

「あのなあ――」

『……あっ、はーい。ちょっと待って』

立て板に水とばかりまくしたてられ、健児がなにか言うよりはやく、誰かに呼ばれたらしい和以が話を打ち切ってしまった。送話口を押さえているのか、なにやらもごもごとくぐもった会話が聞こえてきたかと思うと、唐突に音がクリアになる。

『ごめーん。お店混んでるんだ、またねぇ』

「おい⁉」

へらりとした笑いを浮かべたのがわかる口ぶりで、電話は切れた。健児はこめかみがひきつるのを感じながら、通話を切った。

肩で息をする健児に、新聞を広げていた創十郎が紙面からひょいと顔をだした。

「……和以、なんだって？」

「三時に差し入れ持ってくるそうです」

「お、いいな。なんだろな、ケーキかな」

うきうきした声になる創十郎を「糖尿んなるぞ、おっさん」と冷たくにらみ、健児はたしなめた。

「それにあんた三時には、ここにいないだろ。依頼人のアポ忘れてんじゃねえよ」

「む、そうだったいかん。新宿で待ちあわせだったな」

わざとらしいつぶやきに、しろい目を向けてしまうのは、創十郎がこの日会う予定の相手が新宿のクラブのママだからだ。四十歳の妖艶《ようえん》美女からの依頼内容は、彼女の経営するクラブの女の子目当てに入り浸る、たちの悪い常連客へ話をつけてほしいというもの。

「しかしクラブって。ああいうのって、それこそバックにどこぞのえらいさんだか、ヤクザさんだか、いるもんじゃねえんすか?」

「そのバックが代替わりしたんでもめてんだよ。横やりいれる連中がいてな」

軽い口調ながら、創十郎の目が一瞬だけ鋭くなる。健児はちいさく息を呑《の》み、そんな健児に向けて彼は笑ってみせた。

「用心棒代でしのげた時代はとうに終わってる。いやがらせされないためだけにミカジメ料払ってるのが現状みたいなもんだが、あの手のやつらはメンツがいちばん大事だからさ。女性じゃなく、顔のきくやつが話をまとめないと、まとまらんのよ」

なんでそんな業界に顔がきくんだ、と問うのはやめた。

この『なんでも屋』を創十郎がどうしてはじめたかなどのいきさつは、健児は知らない。

ただ表も裏もなく、依頼のあった仕事はそのまま引き受けるのが彼のスタイルで、そこにはそれなりにひとに言えないこともあったことだけは、うっすら想像がつく。

「ともあれ、和以の件よろしく頼むわ」

言いながら、創十郎はトレンチコートを引っかける。ハードボイルド小説にでてくる探偵のようなスタイルが、彼のこだわりだ。事務所内にある書架にも、和洋問わずの探偵小説や映画のビデオがずらりと並んでいる。

「……いまさらですけど、なんで探偵事務所にしなかったんです？　なんでも屋じゃなくて」

鏡を見ながらネクタイを整えていた創十郎は「これ、やりすぎ？」と中折れ帽を指でまわしてみせる。毎度訊かれるたび答えは同じだ。深くうなずくと、渋々帽子を戻しながら彼はけろりと言った。

「なんでってそりゃ、探偵は探偵の仕事ばっかだけど、『なんでも屋』なら、なんでも金になるじゃない。雑用でも頼みやすいでしょ」

健児は目をまるくして「そんな理由すか？」と声をあげた。

「子ども三人もいるとな、儲《もう》け話は逃せないわけよ。なんでもやったもん勝ちってな」

どこまで本気なのだか。健児がげんなりした顔をすると、かか、と笑って創十郎は事務所をでていった。

「あのおっさんだけは、本気で意味わかんねえ……」

ぼやいた健児は和以がくるまでの時間つぶしにＰＣに向かい、江別に細かく突っこまれた経費の内訳を入力しはじめる。苦手な作業だが立て替え金が戻ってこないよりはマシだ。

家捜しをして発掘した領収書の額面を打ちこみつつ、レシートすらない食事代をどう証明するかと頭を抱える。

「……自腹持ち出しかよ……」

健児にとってはこの瞬間、和以のストーカーよりよほど、江別のほうが恐ろしかった。

小一時間かけて領収書関係をどうにかまとめ、ついでにスケジュールのタスク確認をしていたところ、事務所のドアが開いた。

「おはようございまーす」

もう午後をとうにまわっているが、ここでの挨拶は基本「おはよう」だ。どこぞの業界よろしく、朝も夜もない状態なので自然とそうなったらしい。そしてその環境に子どものころから慣れ親しんでいる青年は、それこそ朝のごときさわやかな声を放った。

「仁千佳か。おはよっす」

レシートと戦っていた健児のぐったりした声に、仁千佳はきょろりとした目をまるくした。

「ってあれ、きょうも健児さんだけ？」

「所長はクライアントのとこにいった、あとはそれぞれ……って、おまえもきょう仕事じゃなかった？」

創十郎の長男である仁千佳は、あのてきとうな男の息子と思えないほど、品のいい優等生タイプだ。見るからに性格のよさそうな笑みをかわいらしい顔に浮かべてみせる。

「これからいくよ。でもちょうどよかった。きょうは健児さんにお礼言いたかったんで」

「おれに？」

「はい。このあいだ、課題のレポート手伝っていただいたおかげで、Aプラスだったんで。ほんとにありがとうございました！」

ぺこりと頭をさげた仁千佳の手には、なにやら紙袋が捧げ持たれている。

「え、なにこれ。おれに？」

「ちょっとばかりの、心付けと言いますか、お礼と言いますか」

健児と仁千佳は大学は違うけれど、どちらも社会心理学の講義をとっていた。たまたま今回、仁千佳が提出したレポートと似たテーマで卒論を書いていたので、参考文献を譲り、ちょっとしたアドバイスをした程度だ。

「お礼って、たいしたことしてねえじゃん。ほとんど仕上がってるのチェックしただけで」

そんな気を遣わなくてもいいと健児は眉を寄せる。仁千佳は「もらってくれないと困ります」と上目遣いで眉をさげた。

「これ健児さん用に買っちゃったから、使い道ないし、返品するわけにも……」

「あー、わかったわかった、ありがたくイタダキマス。そのわざとらしい上目遣いやめろ」

「へへへ」

あざといなあと苦笑して袋を受け取る。なかを見ると、バイクグローブがはいっていた。

健児は思わず口笛を吹く。

「おい、コミネのじゃん。けっこうしたんじゃねえの」

コミネはオートバイ用品では老舗《しにせ》のブランドだ。ものにもよるが、値段が万を超えるグローブもある。学生が買うには値が張るのでは――と心配した健児に、仁千佳は微笑んだ。

「セールで見つけたから、そんなでもないよ。そこのグローブ、まえに健児さんつけてたけど、へたっちゃったって言ってたから」

仁千佳の言うとおり、愛用していたバイクグローブがすり切れてきて、処分しようかと思っていたところだった。はめてみれば、新品なのに手にすっとなじむ。

「サイズもちょうどいいわ。ありがとな」

グローブをはめたままの手で、ぽんぽんと頭をたたく。「えへへ」と首をすくめて見せる表情は、ちょっと誇らしげだ。

「ほんと気がきくな、仁千佳。まめっつーか。親父さんは雑なのに」

「あれが反面教師なので」

軽く肩をすくめて、そのひとことで終わりにできるあたりはたいした器だ。

なかなか複雑な家庭環境のわりにと言うべきか、だからこそと言うべきか、仁千佳は気遣いがこまやかだ。同時に年上にあまえるのもうまいし、搦《から》め手で自分の主張をとおすことも多い。あえての『あまえた顔』だとわかっていても、憎めない雰囲気にほだされてしまう。

（こいつも、こんくらいうまけりゃな）

体格は、健児の胸の奥に痛みを残した存在と同じほど小柄。けれど、來可にはなかった屈託のない強さがある。

そのせいか、仁千佳を見ているといつでも、ほっとした気分になるのだ。

「ともあれ貢ぎ物したんで、次のレポートのチェックもぜひによろしく」

「それが目的かこの野郎」

「わははごめんなさい、痛い痛い！」

健児はさらに乱暴に頭をかきまわし、仁千佳が笑いながら悲鳴をあげたところで、またもや事務所のドアが開いた。

「……こんにちは」

「あっ、和以くんだ。こんにちは」

健児に頭を抱えこまれた状態のまま、仁千佳は叔父である和以にあかるく挨拶をした。和以はその状況をちらりと眺め、小首をかしげる。

「仁千佳、襲われてる？」

「あほか！」

健児が怒鳴ると、仁千佳は「そうかもー」と言ってけらけらと笑う。そして自分の首に巻きついていた太い腕を押しあげて、素早く逃げた。

「さて、じゃあお仕事いってきます」

「おう、気をつけてな」

「いってらっしゃい」

にっこり微笑んで仁千佳を見送っていた和以は、くるりと健児を振り返る。

「仁千佳にはやさしいんだねえ。おれには怒ってばっかなのに」

和以の言葉に、健児はいささか気まずくなった。それはさきほど、ほがらかな仁千佳に誰かの姿を重ねていたせいなのかもしれない。

「……あんたが怒らせるからだろが」

ぶっきらぼうに言って顔をそむける。その横顔をじっと見つめる和以に「なんだよ」と眉をよせれば、なんでもない、というように彼はかぶりを振った。

「ねえ、きょうの仁千佳、なんのお仕事？」

「レンタル孫になりにいった」

「ああ……おじいちゃんおばあちゃんの話し相手か」

父親に似ずきまじめで、大学の勉強の合間にきちんと仕事をこなす彼は、若いながら落ち着いている。しかしひねた様子はなく、いつもにこにことあかるくおだやかだ。その雰囲気が、年配の客に評判がよく、リピーターも多い。

「あの子そういうのうまいんだよね。ひとあたりいいし、やさしいし」

なるほどとうなずいてみせる和以も、じつはこの《アノニム》にスタッフ登録されている。ケータリングなどの依頼があった場合、まるごと《藪手毬》に委託することが多いためだ。

だからこそ、わざわざメールであんな依頼をよこしたことが、健児は腑《ふ》に落ちない。

「あ、これ差し入れね、タルト。創十郎さん好きな洋ナシのやつだから、冷蔵庫にいれて」

仕事途中で抜けてきたためか、和以は白シャツにスラックス、ジャケットというラフな格好だった。それでも飛び抜けた美貌は隠しようがなく、これにストーカーがつくのは納得の事態でもある。

だが、承伏しかねることも多すぎた。事務所に備えつけの冷蔵庫を勝手に開けようとしていた彼の背中に向け、健児は言葉をぶつけた。

「……なんでこのあいだ、言わなかった？」

「なにを？」

肩越しの流し目で、和以はちらりと笑う。とぼけた表情に、健児は舌打ちした。

「今回の依頼の件だよ。なんでおれがいるときに言わなかったんだ」

「え、だって健児くんいつも、のんびりお話するような関係じゃないって言うじゃん。それに部屋にくると速攻でエッチだし、終わったら帰るし」

あらためて言われるとなかなかに最低だ。返す言葉もなく、健児は無意味に咳払《せきばら》いをした。

「ともあれ、この件はおれが担当になるから」

「あ、電話くれたからそうかなーって思ってたけど、やっぱそうなんだー。よろしく」

「……ひとまずそこ、座れ」

にっこりした和以に、状況がわかっているのかといらだちそうになりながら、健児は応接用のソファをすすめた。優雅な仕種で腰かけた彼に向かいあい、切りだす。

「まず、どういう状況なのか細かく説明してくれ」

「メールにだいたい書いたよ。それよりおれクライアントなんだけど、お茶とかだしてくれないの？」

「……そりゃ、失礼しました」

長い脚を組んだ和以が、にっこりと微笑む。奥歯をぎりぎりと噛みしめながら、健児は立ちあがった。

（なにがお茶、だ！　んなのんきなこと言ってる場合かっつうの！）

内心で怒りをまき散らしつつ、備えつけのサーバーからコーヒーをカップに注ぐ。ボタンひとつでいつでも熱々のコーヒーが飲めるのだが、コイン式になっているため、一杯百円の設定になっている。

中身に見あって安いカップを、健児は乱暴に――それでも中身が飛びださない程度には気を遣いつつ、テーブルに置いた。

「カフェの店長にだすもんじゃねえけど」

「ありがと。でもこれ、まあまあの味だよね」

皮肉にもとりあわず、ブラックのそれをおいしそうにすする和以に脱力しながら、ふたたびソファに座った健児は同じ質問を口にした。

「では、いまいちど状況説明をお願いします。メールに書かれていたのは読みましたが、見落としがあるかもしれないので」

表情をあらため、仕事モードになったのがわかったのだろう。和以もカップのなかほどまで飲んだコーヒーをテーブルに置き、「んん」と思いだすように眉をひそめた。

「最初は、このところものをなくすなあ、って程度だったんだけど――」

連続して私物が微妙になくなっていたり、逆に増えていたりということが頻繁に起き、途中からなにか妙だと感じはじめたのだそうだ。

「……増える？　減るのまでは不注意か盗難かって感じだけど、増えるってのはどういう」

「んー、たとえば……ほら、それみたいな？」

健児がさきほど仁千佳からもらったグローブを和以は指さした。

「手袋がもうへたってきたなあ、ってぼやいたとするでしょう。そうすると、古い手袋がいつの間にかなくなってる。で、しばらくしたあとに同じものの新品か、もしくはグレードアップしたものが置いてある」

「自宅でか？」

「いや、店内で。うちオープンケースのカウンターで、制服がコレでしょ」

和以は自分の服を指さしてみせる。白シャツに黒いボトム。なんの変哲もない格好だ。言いたいことを察して、健児はうなずいた。

「店員になりすますには、簡単ってことか」

「そうなんだよね。で、うちの店って動線がかなりシンプルでさ……」

和以はそう言って、テーブルのうえにあったメモに店の造りを簡単に図解してみせた。

道に面したオープンカフェの端にガラス張りの店内入り口、そこからはいってすぐに、キッシュやサンドイッチなど、デリの食材がずらりと並んだオープンケースと、ドリンク類を注文するカウンターが併設。その入り口横からバックヤードへ通じるスイングドアがあり、進んで右手に厨房《ちゅうぼう》、左手にスタッフルームとロッカー、その奥がトイレと簡易シャワー室。

「こういう造りだから、はいってこようと思えば、誰でもはいれちゃうんだよね」

イートインの客はオープンケースから自分の食べたい物を選び、カウンターレジに並んで注文するわけだが、かきいれどきは飛ぶようになくなる食材の補充で、アルバイトのスタッフがバックヤードとカウンターをしょっちゅう往《ゆ》き来する。

「ひとの出入りも激しいから、厨房やスタッフルームに鍵はつけてない、どころか大抵は開けっ放し。つまりバックヤードは、カウンター脇のスイングドアから直結してるも同然か」

そういうこと、と和以はうなずいた。

「ランチタイムのときとかかなりごった返してるから、しれっとした顔してタブリエ巻いて奥にはいられたりしたら、正直、わかんない。おれか、厨房の矢巻《やまき》くんかがいればさすがに気がつくけど、たとえば日の浅いバイトの子とかだと、本当のスタッフかどうかは判断つかないかも」

「心臓さえふとけりゃ、はいり放題か」

ただのカフェならばともかく、この場合デリカテッセンスタイルが災いしているわけだ。

「こんだけザルなセキュリティで、よくいままで盗難起きなかったたな。……まあふつうは、日中堂々とスタッフのいる横すりぬけてまでは、いかないか」

「ある意味では、盗難は起きてないんだよ。なくなったもの、グレードアップして返ってくるから」

「……ちなみに訊くが、それって何回くらい起きた?」

健児の問いに「えーっと」と記憶を探るように上目遣いをした和以は、指折り数える。そして健児は、あまい色をした唇からの返答に、脱力しそうになった。

「五回くらい?　キーホルダーと、お掃除モップと、傘と――ハンドクリームもあったかな。

で、おかしいなって思って」

「初回でおかしいって気づけよ!」

「お店にもファンついてるし、誰かのプレゼントかなあって思ってた」

まるっきり危機感のない和以の、のんきな答えに頭を痛めつつ、健児はさきをうながした。

「それでメールにあった、『ほしいもの』が贈られてくるってやつは？　盗聴されてる可能性、高いだろ。盗聴器の確認は？」

「そこまではまだ。でも、ここしばらくでうちの部屋にはいったの、健児くんくらいなんだけど」

本気で思いつかないらしい和以に、健児はため息をついた。

「ひとが出入りしなくても、電源タップとかに仕込まれてるパターンもあるんだよ。ジャンク屋とかでてきとうなもん買ったりしてないか？」

「してない。ていうか電気関係くわしくないし、ふつうの量販店くらいしかいかないし」

その線はなしか、と健児は脳内の怪しげなリストから、場当たりの盗聴マニアである可能性を削除した。

「あのマンションのセキュリティだと、留守の間に忍びこまれて……って線はないか。電気工事だとか、そういう業者がきたことは？」

「この一年くらいは、ない。そういうのはマンション側の管理会社がやってるし、コンシェルジュが立ち会ってるから」

さらにこの線もなし。となると残るは、和以自身が部屋に持ち帰ったものの可能性が高いだろう。

「ここしばらくで誰かになにかもらったりは？」

「そう言われても、プレゼントとか、年中だし……」

もともとモデルだったという和以には、それなりのファンもついていたそうだ。引退して六年も経《た》つが、いまだに店にもそのファンが訪れてくることは多いという。

「たださすがに、【気にいった？】とか【使ってないみたいだけど、サイズあわなかった？】とかってメールくるようになって、あれ、ヘンかもって思ったんだよね」

さしもの和以も、その日の行動を逐一知っているかのようなメールが届くことが増え、妙だと感じてはいたそうだ。そこがとば口か、と健児は質問を重ねたが、話せば話すほどに頭痛を覚える羽目になった。

「メールって、個人のアドレスにか？」

「ううん、仕事用のやつ。でもこのアドレスって、モデル時代から変わってないんだよね。あと、店のサイトから転送もされる。そんなこんなでメアド知ってるひと多いから、いろんなひとから届くこと自体はおかしくないんだけど」

警戒心がないにもほどがある返答に、健児はため息を殺しきれなかった。

「あんた、まえにもストーカーついたんだろうが。もうちょっと考えろよ」

「これ、考えてどうにかなること？」

「不用意に連絡先配りまくって、つけいる隙与えまくりじゃねえか」

「だって、顔売るのが仕事だったしさあ。いまの店も、おれの顔で売ってるようなもんだし、しょうがないじゃない」

それはそうかもしれないが、と言いかけて、健児は言葉を呑みこんだ。起きた事態についてあだこうだ言っていても無駄だ。

（クライアントさまはお金さまだ）

たとえあまりに無防備すぎる男の頭をいますぐ殴ってやりたくとも、依頼者である以上、そうはいかない。健児は何度も空咳をして、どうにか怒鳴らずにすむようつとめた。

「……とりあえず、妙だなと思いはじめたころ、その直近で届いたプレゼントは？　あのでかいぬいぐるみとか、どうなんだ」

言いながら、みぞおちにひやりとしたものを覚えた。巨大なあのぬいぐるみをベッドサイドに置いたまま、自分たちがなにをしていたかを思えば、健児とて落ち着いてはいられない。

だが和以の反応は、いたって鈍かった。

「あれは平気だと思うけどなあ。くれたの、小学生の子だし」

「そういう思いこみはよくねえだろ。その子自身、知らずに『使い』にされてた可能性はあるんだ」

言いざま、健児は立ちあがった。「どこいくの」と目をまるくする和以に顔をしかめる。

「ひとまず、現状確認だろ」

「ふうん。で、どこいくの？」

「だから、おまえの部屋だよ！　あれに盗聴器ついてたら、いろいろまずすぎんだろが！　すこしは危機意識を持てっつうんだよ！」

ついに我慢も限界になった健児が怒鳴りつけたところで、ようやく彼は目を瞠《みは》る。

「あ、そっか。あれのまえでやっちゃったっけ」

「気づくのが遅えよ……いくぞ、もう」

うんざりとした息をつきながら、和以の細い腕をとって健児はうながす。だがそこで「あ、ちょっと待って」と彼は言った。

「待つってなにをだよ⁉」

「これ残っちゃってるんだってば。せっかく健児くんがいれてくれたのに、もったいない」

ちゃっかりと残りのコーヒーを飲みきって、ようやく和以は立ちあがった。

「さて、いこっか。……どしたの？」

ぐったりとソファの背もたれに顔を伏せた健児は「……なんでもねえよ」とうめくのが精一杯だった。

どうにか気持ちを立て直した健児は、状況が呑みこめているのかいないのか微妙な和以を引きずるようにして、彼の自宅へと向かった。

＊　＊　＊

（ったく、きのうのきょうで）

まさか情事の相手の部屋を、仕事で探索する羽目になるとは。複雑な気分を抱えつつも、まずはこのマンションの中央に位置するリビングで持ちこんだ機材類をチェックしていると、背後から和以が声をかけてくる。

「ほんとにあるの？」

「それをこれから調べんだろ」

健児はまず、二種類の機器をとりだした。ひとつは無線機のような盗聴受信機、もうひとつは携帯型のラジオ。ＡＭ放送を流しはじめると、和以が首をかしげた。

「え、なんでラジオ？」

「盗聴器のなかには、音があるときだけ作動すんのがあるんだ。だからひっきりなしに音を流しておく必要がある」

ほかにも周波数の問題などいろいろあるが、細かいことを言う必要もないだろう。それよりも、この結果だ。計器の反応をチェックした健児は、顔をしかめた。

「……あるな、盗聴器」

「え、どこに」

「わからん。こっちの機器だと十メートル以内の周波数は拾っちまうから……ただ、あんたの家のなかに『ある』のだけはたしかだ」

計器がメーターを振りきった受信状況を見せた健児は、もうひとつの機械をバッグから取りだす。

「それ、なに」

「減衰器《アッテネーター》。受信感度弱めるための装置。これで場所を特定する」

ものものしい機器でひとつひとつ部屋を調べる。リビング、客間などはとくに強い反応は見受けられない。やはり寝室かといやな気分になりながら、健児は足音も荒くそちらに向かった。うしろからついてくる和以も、どことなく不安そうに見える。

「とりあえず、最近増えたものは?」

「ん……いちばん近いのだと、そのくまだけど」

和以の説明を聞きつつ、もらいものだという巨大なぬいぐるみを盗聴器発見器でチェックしたが、なんの反応もない。

「ほら、ないって言っただろ。これくれたの、常連のおばあさんのお孫ちゃんなんだから」

「ここにはなくても、ほかにあるかもしんねえだろ。ほかのプレゼントは？」

機器を手に、健児は部屋を執拗《しつよう》にうろつきまわる。そして部屋の最奥、クローゼットの近くで、たしかな反応があった。

「ここのなか、なんかあるか」

「えーと……あ、そういえば、ここにもらいものつめこんでる」

和以が示したクローゼットを開けると、ごっそりとプレゼントとおぼしき包みが積みあがっていた。開封・未開封あわせたそれに、健児はあきれた顔をする。

「おい、なんだこりゃ」

「なんだって、プレゼント」

「ぜんぶか⁉」

「これでも、モデル時代にもらったのとかははいってないんだよ。事務所で整理してくれたしさ」

店をはじめてからのものばかりだと和以は言うが、それにしても尋常な量ではない。目のまえにいるゆるい男の信奉者の多さを物量として見せつけられ、健児は胃が重くなった。

「つか、なんで封も開けてねえのあるんだよ。食いものとかだったらどうすんだ」

「パッケージでわかるから、食べ物とかはすぐ開けてるよ？　あと、手作りの品は受けとらないようにしてるし、そもそもうち、食べ物やさんじゃん」

さすがにデリの店長に菓子類や食べ物を差し入れしてくるのはめったにないと和以は言うが、胸を張って言える内容ではないだろう。なにより、ちらりと見た包装紙のロゴは、あからさまなくらいにブランドモノばかりだ。

「つうか、くれたやつの気持ちも考えろよ。埃《ほこり》かぶってんのもあるじゃねえか」

「わお、健児くんやさしいなあ」

茶化す言葉が妙にカンに障った。じろりとにらみつけたさき、和以は薄い肩をすくめ、ベッドサイドのくまを指さす。

「ちゃんと気持ちこめてくれたら、大事に飾るよ。あんなふうにね」

「こっちのプレゼントには、気持ちとかねえっつうの？」

「そこまでは言わないんだけど、うーん。おれじゃないおれにくれたものって、なんか違うかなあって」

「どういう意味だ？」

問いかけても、和以はあいまいに笑うだけで答えなかった。引っかかる気はしたものの、いまはぐだぐだと話している状況ではない。なにより、和以の内面にあるものなど、健児にとって知りたいはずもないのだ。

（くだらないこと言っちまった）

自分に舌打ちして、健児はクローゼットの中身を引っぱりだした。

「とりあえず、ぜんぶ開けてくぞ」

「ええ、めんどくさい……」

「んなこと言ってる場合か！」

誰のためだと思っていると怒鳴りつけ、ふたりがかりできれいにラッピングされた包みを片っ端から開封した。

衣類、化粧品雑貨、貴金属に小物——ひとつひとつを発見器でチェックしていったが、おかしなことに、どれからも芳《かんば》しい反応はない。

「妙だな、このなかにあるはずなんだが」

「その機械、だいじょうぶなの？」

「所長のお墨付きだから間違いない、……って、待て」

ほどいた包みをまとめて捨てようとしていた和以に、「それをこっちに」と告げる。

「なんで、ゴミだよ？」

「いいから」

まるめられた包装紙に紙袋。大量のゴミに埋もれたなかで、反応の鋭いものがあった。

「あった。これだ」

大振りな、造花の飾りのついたリボンは幾重にも巻いて豪華な薔薇《ばら》のようなかたちをしている。健児がそれを解体していくと、指先ほどの大きさの小さな盗聴器が発見された。

「わお、そんなちいさいんだ。ってことは、これであたり？」

「……どうかな」

健児が微妙な顔になったのは、電波をチェックしたところ、かなり感度が弱いものだとわかったからだ。むろん、室内で計器に測定される程度には盗聴可能な機器だが、なにかが引っかかる。顎に手をあて、しばし考えこんだ健児はふと顔をあげた。

「なあ、あんたこの部屋にいるときって、いちばん長く時間すごすのどこ。寝室？」

「え、いや。大抵は寝るだけだから……健児くんいるときはべつだけど」

「とすると、電話したり、ふつうにしゃべったりするのは？」

後半のからかいをさっくり無視して問えば「リビングかなあ」と和以は言った。健児はその言葉に、ますます顔をしかめる。和以が怪訝そうにまばたきした。

「なに、その顔」

「リビングだとすると、この盗聴器じゃ、音を拾いきれねえんだよ。しかもずっとクローゼットにしまいこまれてたわけだろ」

「え……」

「だとすると、可能性はもうひとつ」

驚いた顔になる和以をよそに、険しい表情で、健児はリビングへと向かった。通りに面した側のベランダにはサッシ窓。カーテンを開けると、窓越しに、この部屋とちょうど同じ高さのビルがあるのを確認し、健児はますます顔をしかめた。

あわてたように和以があとを追ってきて、健児の行動を不思議そうに見つめてくる。

「ねえ、可能性ってなに」

和以の問いには答えず、健児は窓のあちこちへと手をかざし、探るような手つきをした。

時刻は午後をすぎたばかりで、部屋の外はまだあかるい。そのためか、目的のものはなかなか発見されなかったが、幾度か雑誌などで影を作ると見つかった。

「やっぱりか」

ある程度予想はしていたが、と健児はうなった。

「やっぱりって、なにが」

「見てみろ」

大きなガラス窓の右端、健児が手をかざしてみせる。その手のひらに、ぽつんと不自然に光る点。眉をひそめて確認した和以は、それを見つけるなり目をしばたたかせた。

「なにこれ？　なんか光ってるけど」

健児の手のひらにある光点をつついた彼に、ため息が漏れた。

「レーザータイプの盗聴器だ。遠方で操作する機器だから、さっきは感知できなかった」

おそらく設置はあそこだろうと、向かいのビルを健児はにらんだ。

場合によるとさきほどの微弱な盗聴器はフェイクなのかもしれない。周到すぎる仕掛けに、事態の予想外のややこしさを感じた。

「つうか、レーザー盗聴器なんざ、操作にプロ級の腕がいる機械だぞ。……あんたどんなやつにストークされてんだ」

「おれが知りたいってば」

ただのカフェ店長がなぜ、と言いかけて健児は口をつぐんだ。そういえばこの男は、もともと一般人ではなかったのだ。

(手に負えんのかよ、これ)

げっそりした気分でかぶりを振り、どうにか頭を切り換えた。

「……とにかく、かなり精度のいい盗聴器でねらってきてるけど、逆にそれがネックだ。とりあえずの対処法は、窓の外に葦簀《よしず》かすだれでも下げときゃいい」

「そんなんでいいの?」

「単純にコレを反射させなきゃいいだけだからな。ひとまず、この位置に段ボールかなんか置いておこう」

コレ、と言って健児はガラスに映った光点をこつこつと指の背でたたいた。レーザータイプの盗聴器の場合、ガラスに伝わる音の振動を読みとって音声を拾うのだが、振動を吸収する材質か、凸凹のある遮蔽《しゃへい》物があれば簡単に防御できる。

「あ、じゃあこれで解決?」

「……とはいかねえな」

喜んだ和以に、健児は顔をしかめた。なんで、と驚く彼に、アッテネーターを切った状態でのメーターを見せる。さきほどリボンから発見された盗聴器は、すでに作動しないように処理済みだ。だというのに、まだ受信機は振りきったまま。

「なに、これ。どういうこと？」

「リボンの盗聴器とレーザー盗聴器のほかにも、まだなんか仕込まれてるってことだ。へたするとカメラもあるだろうな」

「え……」

カメラ、という言葉にさしもの和以も顔をしかめ、健児はうなずいた。

「最近、工事の業者とかはいってこなかったか。あと、この部屋の間取りも熟知してて、あんたの性格——どこになにしまうとか、そういうのわかってる相手の心当たりは？」

「って言われても……むかしのモデル時代の知りあいとか、一時期たまり場だったから、何人も出入りしてたし」

またいやな情報が増えた。健児はこめかみがひきつるのを感じつつも、必死に感情を抑えつける。

「……何人もって、どの程度だ？」

「引っ越してすぐ、引退パーティーみたいなのやったこともあるから、わかんないよ」

そのため、このマンションの間取りを知っているやつなど数え切れないと言われ、今度こそ健児はあきれかえるしかなかった。

ついにこめかみに青筋が浮きあがる。本当に、この男といたらそのうち、脳の血管が数本まとめてぶっ飛ぶのではないだろうか。

「あんたしばらく、この部屋に戻るな」

「えええ？」

いやそうに声をあげた和以に「えーじゃねえよ」と健児はため息まじりに言った。

「こうもあっちこっち盗聴器が仕掛けられてるようじゃ、ほんとに専門家に頼んで家捜ししてもらうしかない。さっきのリボンの盗聴器だって、ダミーの可能性が高いしな」

「健児くん、やってくれないの」

「ぜんぶのチェックは、うちの事務所じゃ無理だ。最低限の機械しかないし、レーザータイプまで持ち出してる。そのうえ、ダミーまでしかけてるとなりゃあ、その道のプロに頼まないと見つけられるもんも見つけられない」

探偵業の仕事も《アノニム》では受けているし、健児もひととおりの研修を受け、この手の機材の扱いなど、ある程度の知識を身につけてはいるが、防犯のプロではない。

「なにより、このマンションはセキュリティの高さが売りだ。出入りする人間はエントランスのカメラでチェックされてるし、工事関係の業者もマンション側で管理してて、知らない人間は基本、はいってこれない。その状況をかいくぐってくるってなりゃあ、相手もプロ級のストーカーってことなんだよ」

べつの可能性もあったが、それは口にださなかった。このマンションの住人か、管理側の人間がストークしてることだってあり得るなどと言っても、いまの和以は怯えるだけだろう。

「とにかく徹底的に検査したほうがいい。それこそ目に見えない範囲の場所——たとえば空調のダクトだとか、専門の工事技術がいるような場所に取りつけられている可能性もある」

そう告げると、和以は苦いものを呑みこんだような顔になった。

「なんか、ものものしいなあ」

「ものものしい話なんだよ、最初っから！」

まだ事態が呑みこめていないらしい和以を怒鳴りつけ、健児はがりがりと頭を掻いた。

「警察……だとまだ動いてくれそうにねえから、警備保障会社のほうに連絡いれとく」

念のために、マンションが契約しているのとはべつの会社がいいだろう。これも和以に言わないまま、健児は頭のなかで段取りをつけた。

「そっちのほうでカタがつくまでは、部屋に戻らないほうがいい」

「でも、じゃあ、どうすればいいわけ。そのあいだ」

「ホテルにでも泊まっとけよ」

しばらく逃亡生活を送るように提言した健児に、和以は「えええ」といやそうな声をあげ、ますます顔をしかめた。

「えーじゃねえだろ」

「だって慣れないとこだと眠れないし、めんどくさいし……」

「わがまま言うな。いますぐ、最低限のもんだけ荷造りしろ」

「だって」

冷たくにらむと、和以はなおもなにかを言いかけた。さきんじて、健児は怒鳴りつける。

「こんだけ周到に仕込んでるってことは、相手は相当に偏執的なタイプだ。いつなにをしでかしてきたって、おかしくねえんだよ！」

「なにかって……なに、されるの」

「変態の考えることなんざ、知るかよ」

健児はいらいらと吐き捨てる。だがさすがにひるんだのか、和以はふだんののんきさもなりをひそめ、心細そうに肩をすくめている。その姿は、いささか見かねるものがあった。

あまりに能天気なのはいらだちもするが、べつに怯えさせたいわけではないのだ。深呼吸して感情をおさめると、健児はできるだけおだやかに声を発しようとつとめた。

「とにかく、おれがしばらくは護衛につく。で、その間に部屋のチェックしてもらって――」

「あ。健児くん、いっしょにいてくれるの？」

説明の途中で、和以はぱっと顔をあげた。ほっとしたような嬉しそうな顔に「当面はな」と言い添える。

「これ以上なにかエスカレートするようなら、本職の警備に頼むことになるけどな」

「うん、……ありがとう。わかった、荷造りする」

こくんとうなずいた彼は、事態を素直に受けいれたらしい。ようやく危険性を呑みこんでくれたのかと健児が安堵《あんど》したのもつかの間、和以はどこまでも和以だった。

「ふふふ、健児くんと四六時中いっしょとか、エッチだなあ」

「……あほか！　仕事だよ！」

勢い、かたちのいい頭を平手でたたく。「痛いなあ」と顔をしかめてみせるけれど、和以はやはりあの、ゆるい笑みを浮かべたままだ。

「いいじゃーん。いっつも健児くん、終わったらいっしょに寝てくんないし」

「だから、それとこれとは話が違うだろうが！　おれはてめえの警護につくんだよ。いまはセックスの話は、これっぽっちもしてねえよ！」

「えっ、じゃあしないの？」

きょとんとした顔になる和以へ、なにをどう言ったらいいのだろうか。ぱくぱくと口を開閉させたのち、健児は自分の顔を手で覆った。

「……とにかく、保護対象になるんだから、まともに警戒してくれ」

「はあーい」

間延びした返事に、不安ばかりが押し寄せる。

――あれはあれでむずかしいヤツなのよ。

創十郎の言葉がよみがえり、たしかにこれは難物だよと、健児は内心でつぶやく。

じくりと胃が痛む気がして、この依頼が終わるまでに、はたして自分は無事でいられるだろうかと、そんなことを散漫に思った。

＊　＊　＊

小一時間ほどして、健児は和以を連れ、強引に渋谷のビジネスホテルにチェックインした。

宿泊先にあえて繁華街を選んだのは、木を隠すなら森の発想からだ。

和以の身の危険が高ければ、もっとセキュリティのしっかりした場所や遠方へ移動することも考えたが、いまのところはまだ緊急性のない状況での一時避難だ。

この雑多な町並みで、健児のバイクがあれば追跡を撒《ま》きやすい。予約なし飛びこみ宿泊OK、現金払いOKのホテルを選んだのも、足跡を残さないためだ。

（なんだかこっちが逃亡犯みてえだけどな）

それもこれも、マンション内の盗聴機器類のチェックと、安全確保がすむまでの間の話だと、健児は高をくくっていた。

しかしそこで予想外だったのは、和以がふだんとはうってかわって不機嫌というか、神経質な様子を見せたことだった。

「……せまい」

部屋にはいるなり、第一声を発した和以はそのまま、居心地悪そうに立ちつくしていた。

ここにくるまでの間に、コンビニで買いこんできた飲み物と弁当をテーブルに置きながら、健児はそっけなく答えた。

「そらビジホだからな」

「なんか煙草くさい」

「いままでおれが吸ってたって気にしたことねえだろが」

「吸いたてのにおいはいいけど、染《し》みついてるのはやなんだよ」

さっさと据えつけのソファに腰をおろした健児のまえで、和以はいつまでもうろうろと歩きまわっている。その姿を健児はしらけた目で見つめた。

（こんな安ホテルは気にいらねえってか）

妙にいらだったようなその様子に、健児はあきれた。

「なんなんだよ、落ちつけよ。しょうがねえだろ、ひとまずの避難場所なんだし、ぜいたく言うな」

「ぜいたく、とかじゃなくて……ここ、なんかいやだ」

てっきり場末っぽい安ホテルが気にいらないのかと思っていたが、そわそわする和以の顔は見たことがないほどこわばっている。いつもふわふわゆるゆると微笑んでばかりのこの男の眉間に、きついしわが寄っているのを見たのははじめてだ。

怪訝に思いつつ、健児は購入してきた缶コーヒーの蓋を開けた。

「なにがあるってんだよ？」

「なんだか視線？　じゃないけど、そんなのを感じるんだよ、やな気配っていうか」

「おい……霊感がどうとか言うんじゃねえだろな」

思わず、コーヒーを飲みくだす喉の音が大きくなる。健児がちらりと見たのは、ホテルの壁にかけられた絵画だ。安ホテルらしく、ひとめで複写品とわかる額装の絵。この手の絵の裏にお札が貼ってある部屋には、なにやらでるとかでないとかの都市伝説を耳にしたことがある。

「霊感とかそんなのないよ。むかし撮影で、ゴーストホテルって言われてるところに連れてかれたことあるけど、おれなんにも感じなかったし」

「……あ、そ」

拍子抜けするような気分で浮かせかけた腰をおろす。そんな健児のまえで、和以はまるで自分の身体を守るように、両手で自分の肩を抱いていた。

「慣れたひとに見られてるのならマシだけど、知らない奴はいやだなあ……」

「なんだそりゃ」

意味不明なつぶやきに、健児はあきれた。傍若無人かと思えば、彼なりのルールがあるらしい。つくづく変なやつだと思い、またどうしてそこまで神経質になるのかと問いかけようとして、ふと気づく。

(待てよ)

和以はもとモデルで、見られなれている。逆を返せばひとの視線やなにかに敏感だ。そしてあれほどの盗聴器が出てきても、店内に謎のプレゼントが置かれていても平然としていたのに、このいらつきよう——いや、不安そうな顔は、どう考えてもおかしい。

(疑心暗鬼ってわけじゃない。なにかあるのか?)

健児はしきりになにかが気になる様子の和以が、けっしてドアそばのクローゼットを見ようとしないのに気づいた。あそこになにかあるのかと、足早に近づいて開く。

だが当然ながら、ラックにさがったハンガーと備品のスリッパがあるだけで、中身は空だ。ほかになにか、と見まわしたさきで、はたと健児は気づいた。

携帯をとりだし、カメラを起動させる。画面を覗いたまま部屋中をぐるりと見まわす。気づいた和以が「なに?」と眉を寄せ、同時にあるものを発見した健児は舌打ちした。

「……でるぞ、この部屋」

「え、え、なんで」

「いいから、荷物持て。あとこれで、あそこ見てみろ」

なんのことだと目をまるくした和以が、健児の携帯のカメラを覗きこむ。レンズをとおして見てみると、クローゼット横の鏡とライトの狭間《はざま》から点滅する光があった。

「……なにこれ」

「あとで話す。おまえはこれ持って、さきに外にでろ。すぐさきの通りにコンビニあるだろ、あそこで待ってろ」

事情は呑みこめていなかったようだが、和以は「わかった」とうなずくと、健児に持たされた買い物袋のみを手にして部屋をでていく。念のため全体をチェックしたのち、和以の宿泊荷物を持った健児は非常口から外へとでた。そして和以の待つコンビニへと向かい、彼を拾うとすぐに、バイクの停めてあった駐車場へ向かう。

「あの、チェックアウトしてないよね？　どうするの？」

「あした、仁千佳にでも代わりにやってもらう」

「ていうか、さっきのってなに」

「赤外線盗撮。……ろくなホテルじゃねえ。とにかくよそに移動する」

おそらくタチの悪い従業員か愉快犯が仕込んだものだろうけれど、ストーカーの盗聴から逃れて、盗撮ホテルに向かうとは間抜けにもほどがある。

（あほかおれは。もうちょっとましなとこチェックしとけっつうんだ）

いくら急いで移動する必要があったとはいえ、創十郎あたりに相談して安全な場所か確認すべきだった。自分のあまさに腹をたてつつ、無駄に振りまわすことになった和以へ詫《わ》びようとしたところ、彼が「よかった」と息をつくので謝り損ねてしまった。

「よかったって、なにがだ」

「だってあそこ、ほんとに気持ち悪かったし。考えすぎとか言われて泊まることになったら、どうしようかと思って」

ほっとしたような和以に、健児は思わず顔をしかめた。「どうしたの」と問われ、思わず眉間を押さえる。

「いやあのな、そこはよかったとかじゃなく、おれが抜けてるって怒るとこだろ……」

「なんで。だっていくら健児くんでも、事前に盗撮されるホテルとかぜんぶわかってるわけないし」

「そこは蛇の道はなんとかで、事前におっさんに訊いときゃあ、最低限やばげなところは避けられた可能性があんだよ」

駐車場にたどりつき、バイクのヘルメットを和以に渡しながら自分の失敗だと告げる。それでも彼は「そうかなあ」と首をかしげるだけだった。

「創十郎さんでも、都内中のホテルのどこに、変態さんとか犯罪者さんが盗撮カメラ仕込んでるなんて調べきれないと思うけど？　けっきょくは確率の問題じゃないの？」

「まあ、そりゃそうなんだけど」

「いきなりでくわして運が悪かったってことだろ。でもおれは健児くんついててくれたから、問題なく逃げられたし。相殺でいいじゃん」

のほほんと笑って和以は言う。その顔は、さきほどホテルで見た険しい表情とはうってかわって、いつもの彼らしいゆるやかなものだ。

「健児くんはまじめすぎるんだよなあ。なんでもかんでも自分の責任みたいに思ってたら、疲れちゃうと思うけど」

「あんたはテキトーすぎんだよ……」

「あははは」

脱力しながらバイクにもたれると、和以が軽やかに笑った。見慣れたその顔にどこかほっとしつつ、健児は息をついて気持ちを立て直した。

「んじゃまあ、やっぱもうちょいまともなホテルいくか」

「……え？」

「いや、足がつかないからいいかと思ったけど、やっぱ安宿はやばいだろ」

もしもあのマンションのセキュリティですらかいくぐるような相手が犯人であるなら、へたにシステムを信用するのは却ってまずいかと思っての判断だったが、それが間違いだったたのだから切り替えるべきだろう。

「こうなりゃ徹底的に高いとこいくか？　経費で落ちるだろうし、VIPルームでもとれば、おいそれとは――」

バイクにまたがり、携帯のナビで検索をしはじめた健児は、突然ハンドルをつかんだ和以に驚いた。

「なんだよ」

「ホテルはやだ」

まるで子どものような仕種と口調にぎょっとする。ふざけているのかと怒鳴ろうとして、その目がずいぶんと思いつめたものであることに気づいた。

「さっきみてえなんじゃなくて、もっとまともなとこだぞ？」

無言で和以はかぶりを振る。どうも本気でいやがっているらしい。さっきのいままでこの態度は、いったいどうしたことだ。いぶかしんだ健児は、「危ないからひとまず手ぇどけろ」とハンドルにかかった手を離させ、彼に向きあった。

「なんでそんな、いやがるんだ？　むかしモデルやってたなら、それこそロケとかあったんじゃねえの？　海外の仕事もあったんなら、しょっちゅうホテルなんか泊まってただろ」

「……だからいやなんだよ」

めずらしくまじめな顔になった和以は、ため息をついて口を開いた。その声は、いつもの彼らしくもなく、重く疲れたものを滲ませていた。

「ホテルってさあ、どこも似たり寄ったりじゃない。そりゃ高級なところになれば別格だけど、おれくらいのレベルのモデルでスイートだとか、そんないい部屋とれるわけじゃないし。相手方が気をきかせてくれた場合はともかく、事務所渋かったから、それこそビジホもさんざん泊まったんだよね」

撮影であちら、ショーでこちらと飛び歩き、ほとんど家に帰れない時期もあった。海外での長丁場となると、毎晩パーティーに連れまわされ、すこしも落ちつけなかったという。

「そういう生活が長く続くとさ。朝、目がさめたとき、一瞬、自分がどこにいるかわかんないの。東京なのか大阪なのか、ニューヨークなのかパリなのか」

ふ、と和以は息をつく。その目は遠く、いつものような艶冶《えんや》さのかけらもない。風に乱れたやわらかそうな髪をくしゃくしゃといじる仕種は、どこか神経質に見えた。

「テレビつけてさ、日本語流れてきてやっと、あーここって日本だっけ、って。そんな感じだった」

「えらい刺激的な生活だな」

めまぐるしく変わる環境、派手な仕事。若い男なら、多忙さもそれなりに楽しめるのではないかと健児は思ったが、それを見透かすように和以は微笑んだ。

「うん。でもおれそのときすでに、社会人歴二十年目だったから」

「……は？　二十年？」

「最初のお仕事、おむつつけてたんだよね。ベビー用品のスチールモデル」

和以のモデルデビューは、ゼロ歳児のときだったそうだ。その後もほとんど仕事が途切れることはなく、引退まで休むことなく働き続けたという。

「たぶん周囲に恵まれてたんだと思うんだよね。たまたま、わりと有名なカメラマンさんとデザイナーさんが気にいってくれちゃってね、そっからずっと専属モデルになってた」

「って……そんな芸歴長いのか？　でもおれ、まったくあんたのモデル時代、知らねえぞ」

年上とはいえ、健児との年齢差は四つ。ほぼ同世代といってもいい。健児も思春期にはそれなりにファッション系の情報誌などは目をとおしていたし、和以の言うような長期で活動するモデルがいたなら知らないわけはない。

「あ、それともあれか。ほとんど海外の仕事か？」

欧米が仕事のメインだったというなら、まだ納得がいく。そうつぶやいた健児だったが、彼の返答は意外なものだった。

「知らないっていうか、認識してないんだと思うよ。だっておれ、十六歳くらいまでは女性モデルとしてやってたんだもん。健児くんが見てるような雑誌に載ってるわけないよ」

「……は？」

唖然《あぜん》とした健児の顔がおかしかったのだろう。「なにその顔」と和以は噴きだす。

「けっこう多いんだってば、あの業界。日本だとそんなにいないけどね、最近は成人しても男ものも女ものも着こなすようなの、いるんだよ」

「そういうもんなのか」

驚きを隠せない健児のライダースジャケットを指でつつき「こういう、ワイルド系ブランド御用達の男子には縁のない世界だけどね」と和以は言った。

「自分で言うけど、むかしはもっとモロ女顔で、ほっそかったんだよね。でも途中でさすがに背も伸びすぎたし、女性って言い張るにはごつくなっちゃったしで」

中途半端だったんだよね、と和以は笑う。あっけらかんとして見えるいつもの笑顔なのに、このときはずいぶん違った印象を覚えた。

「んで、二十歳くらいのころね。同い年の連中はみんなキャンパスライフとかやってんのになあ、合コンとかやって楽しそうだなあ、って。おれもふつうにキャッキャウフフしたいなって思って、で、なんか……疲れて、やめちゃった」

ひどく軽い口調で言ってのける和以に、健児は黙っていた。反応が意外だったのか「あれえ」と彼は首をかしげてみせる。顔を覗きこまれ、健児は眉をひそめた。

「あれえって、なんだよ」

「遊びたいから仕事ほっぽりだして、てきとうすぎるとか言わないの?」

「ひとに説教垂れるほど、できた人間じゃねえし、むかし話に興味ねえよ」

そっけなく言った健児に「興味持ってよ」と和以は笑う。だが健児は笑えなかった。

いいかげんで、あまくてゆるい。そんなふうにしか思えなかった和以の表情の奥に、なにか——人生を降りたような、諦念《ていねん》に似たものが漂っていたことに、このときはじめて気づいたからだ。

（あんな顔して、てきとうもないだろ）

軽薄ぶって話していたけれど、ホテルにいくのを渋る、見たことがないほどかたくなな態度。語られた言葉以上に、いやな思い出でもあるのだろうと察しはつく。

なによりあの、疲れた、という言葉を発した瞬間の和以の目はひどく暗かった。

かつて、護りそびれた細い小柄な彼を思いだす。あきらめ、疲れきったようなそれを目《ま》の当たりにして、なにもできなかった自分も。

（ちっとも、似ちゃいねえのに）

自分をいらいらさせるところだけは、そっくりだ。

春先の冷たい風にさらされたせいか、和以の細い手は冷えきっている。せっかくの美貌も鼻の頭が赤くなっては台なしだと思いながら、健児はこめかみを親指で掻いた。

「……しょうがねえな。だったらしばらくは、おれの家に泊まっとけ」

ため息まじりに言うと、和以はぱっと顔をあかるくする。

「わあ健児くんち？　ほんと？　いいの？」

へらっと喜ぶ和以に「遊びにいくんじゃねえぞ」と叱《しか》りつけるが「お泊まりお泊まり」と彼ははしゃいだ。

「なに喜んでんだ、避難場所に泊まるってのに。それにあんたんちほど広くもねえし、汚ねえアパートだぞ」

「だって誘ってくれたことなかったしさ。それに健児くんちって、誰も連れてったこともないんでしょ？」

「まあ……引っ越してから、仕事づめだし」

含みのある言葉に、なぜかどきりとする。事実だというのに、自分の答えがひどく言い訳じみている気がした。健児の内心を知ってか知らずか、和以はそこまでかと言うほどに浮き足だっていた。

「嬉しいなあ。子どものころから、ともだちんちにお泊まりとかしたことなくてさ」

「ともだちいなかったのかよ」

「うーん、幼稚園くらいまではしてたらしいんだけど」

揶揄するつもりで雑《ま》ぜ返したのに、戻ってきた言葉の破壊力は、これまたすごかった。

「お泊まりにいったさきのお父さんにイタズラされそうになっちゃったから」

「はァ⁉」

「おれむかしっから、変態さんに好かれる子だったみたいなんだよねえ。あはは」

なにがおかしいのか、と言いかけて、和以の目が笑っていないのに気づいた。

その瞬間、健児は駐車場に吹く風のせいだけでなく、首筋にひやりとしたものを感じた。

しかし和以はすぐにあの、まったく感情の読めないふわりとした笑みを浮かべ、目の奥にあったものをごまかしてしまう。

「ほら、この美貌だし？　魔性の美少年だったたっていうの？」

「自分で美貌とか美少年とか言ってんじゃねえよ」

「あはは、怒られた」

ごめんなさい、と首をすくめてみせる彼の、けぶるようなまつげで隠した本心。あまい笑みの奥にあるもの。

べつに知りたいわけでもないし、踏みこみたくもない。これはやっかいだ、相当に手に負えないシロモノだと、健児の奥でなにかが警鐘を鳴らしている。

だというのに、本心をごまかされたと悟った瞬間、ひどく不愉快になった。

「あとな、そんな話、笑いながら言うこっちゃねえし、あんたのせいでもねえだろ」

吐き捨てるように言うと、なぜか和以は目をまるくし、そのあとふうっと細めた。

「……それ、ねえさん以外で言ってくれたのふたりめだ」

「ひとりめは？」

「創十郎さん。健児くんとは違って、もっとてきとうな言いかたしてたけどね」

ふふふ、と笑う顔がどこか幸せそうで、すこしだけ健児はおもしろくなかった。そして、そう感じる自分にこそ、ばかじゃないのかと腹がたつ。

（二番煎《せん》じの台詞になったから、なんだっつうんだよ）

それともいま現在、身体の関係がある相手が、違う男のことを思いだしてやわらかく笑うさまが気にいらないとでもいうのか。自分でもよくわからないもやもやした気分をもてあましていると、そういうときばかりめざとい男は顔を覗きこんできた。

「あ、ねえ、もしかして妬《や》いた？」

「おっさん相手に？　なんでおれが」

ないわ、と乾いた笑いを浮かべた健児は、整った顔を、手のひらで雑に押し返してやる。「ひどいな」と和以はいつものように口を尖らせた。

「おっさんって言うけど、創十郎さんいまでも渋いじゃん。それに言っただろ、おれの初恋の相手だったんだしさあ」

寝物語にさんざん聞かされ、何度も受け流してきた話だ。しかしこのときは、ふだんよりもどうしてか、創十郎の名がちくちくと引っかかり、わざとらしく健児はため息をついた。

「だから、むかし話はどうでもいいっつの」

「興味持ってって言ってるのになあ」

ようやく戻ってきた、いつもの軽口のやりとりに、どこかしら健児はほっとしていた。

(妬くとかそういうんじゃ、ねえだろ。ほんと、ねえわ)

——ねえ、健児くん。ちょっと身体で慰めあったりしない？　おれも寂《さび》しいし。

はじまりのはじまりは、そんな言葉をかけられてのものだった。健児にしたところで、都合がよかったとしか言えない。

身体だけ、ただそれだけ。だったはずなのに、たったこの一日で、いままでには知らない顔を見て、意外な過去を知った。

ただそれだけで、一気に抜き差しならないところまで追いこまれている気分になるのは、いったいなぜだ。

(冗談じゃねえよ)

和以のことなど気にかけたくないし、必要以上に馴《な》れあいたくない。身体の相性はいいけれど、それ以外のことはまるであわないし、なにより——こんな男にはまったら最悪だろう。わけがわからなくてやっかいで、トラブルまみれ。おまけに色気も垂れ流し。遊びにはいいけれど、本気になったら地雷原を素足で突っ切るようなものだ。

深く考えることすら拒否したくて、健児は乱暴にヘルメットをかぶり、和以にも予備のそれを放った。

「……さっさとメットかぶれ。で、乗れ」

「はあーい」

言葉だけは従順、けれど素直に従うかと言えば、とんでもない。エンジンをかけたバイクにまたがり、ぴたりと腰に手をまわしてくる和以の指先が、思わせぶりに腹をさすってくる。

「おまえ、なにやってる！」

「や、健児くん腹筋硬いなと思って」

「事故らす気か！」

背後に向かって怒鳴りつけると「ごめん、冗談」と肩をすくめてみせる。バイザー越しにもあの目がおもしろそうに笑っていて、健児はまたもやこめかみがずきずきするのを感じた。

「アンタの過去とか、ほんとどうでもいいけど、今回の依頼の遂行までは新しい変態は引っかけんなよ」

「そんなこと言われてもなあ。自分からコナかけたことなんかないんだけどなあ」

「よく言うよ。おれはどうなんだ」

健児があきれて言うと、和以は「ふふふ」と笑うばかりだ。

ことのはじまりからこの目つきにしてやられたのだと健児はため息をつき、バイクのエンジンを吹かした。

＊　＊　＊

和以との関係がはじまったのは、いまからもう一年半ほどまえ、健児が大学四年の、晩秋の話だ。

來可があの腹だたしくも忌々《いまいま》しい、綾川寛に口説かれ、あげくキスをしている現場に踏みこんでしまったその日、健児はただただ、怒りなのかあきれなのかわからない感情で手一杯になっていた。

（あいつは、本当にばかすぎる）

健児と來可が高校三年の折、來可は寛のシンパであった生徒会メンバーにリンチまがいの目に遭わされ、入院したあげくに高校を退学。心身ともにぼろぼろにされて、立ち直るまでに三年もかかった。

リンチについては寛が主導したことではなかったし、彼自身知らぬ間に起きたことだと頭ではわかっている。それでも、寛が誰彼かまわずいい顔をしてみせたツケを、きゃしゃな友人が払わされたことについて、健児はすこしも納得できていなかった。

それでも、再会することなく無事にすめばと思っていたのに、よりによって來可は寛と同じ大学を選び——そして、ふたたびの邂逅《かいこう》を迎えてしまった。

しかも高校時代とは真逆の立場、寛が來可を追いかけまわしていると知ったときには、いったいなにが起きたのかと思った。

來可に対して、やめろ、会うなと何度も言った。それでもあの強情な友人は煮え切らず、そうこうしているうちにまんまといやなことを思いださせられ、倒れた。

寛にも、もうあれに近づくなと釘《くぎ》を刺した。だというのにあの男は開き直ったかのように來可を口説きにかかっていると、同じ大学に通っている弟、亮太《りょうた》から聞かされた。

その日、來可たちの大学に足を向けたのは、いやな予感がしたからとしか言えない。そして結局予感はあたり、彼らがキスをしていた現場にでくわしたのだ。

——ばかだろ來可！　またかよ。性懲りもなく！　やめろっつっただろ！

しかし、とっさに寛を殴りつけた直後、來可が誰をかばったのか、それがすべての答えだった。

來可を引きずり、その場から無理やり連れ帰りながら、これじゃあ自分が完全に悪者だと健児はむなしさを覚えていた。

家に帰るのではなく、かつての母校に來可を連れていったのは、すこしは頭を冷やせというつもりだった。それでも、戸惑ってはいてもおだやかな來可の目を見て、もはや答えはでているのだと悟るしかなかった。

——よけいなことすんなって、怒らねえのか。

——すんだことは、しょうがないだろ。

——しょうがない、ね。……で、その調子で綾川寛も、許すのか？

問いに、來可はあいまいにかぶりを振った。もろくて、そのくせ強情。変わったようで変わっていない來可の本質に、ほっとするような悔しいような、不思議な気分になった。

ぼろぼろになったくせに、傷ついたくせに、それでも來可が彼を欲するというなら、健児にはもうどうしようもない。

——あとは知らん。ばかふたりで好きにしろ。

そう言いおいて、來可を置き去りにしたあと、健児はあてもなくバイクを走らせ続けた。

なんだか、自分がひどい間抜けになった気がして、いたたまれなかったのだ。

(関わるだけ、おれもアホなんだろうけどよ……)

そうして夜半、ガソリンの残量も怪しくなり、家に帰る気にもなれないままにたどりついたのが《アノニム》事務所だ。

アルバイトの身分でありながら、このころすでにてきとうな所長から仕事のかなりの部分を任されていたため、合鍵も持たされていた。

バイクの風にさらされすぎて、すっかり体温のさがった手はこわばっている。ぎこちなく鍵を開けて事務所にはいると、所員はすべて仕事で出払っていて、誰もいなかった。

のろのろと来客用の革張りソファに座りこみ、大きく息をつく。

「あー……あほくせ」

空に消えるだけのひとりごとをつぶやき、まだ冷え切っている手で顔を覆った。

自分はどうしたかったのか、來可にどうさせたかったのか。考えれば考えるほどにこんながらがり、なんだか胃の奥が重たくなってくる。

(なるようにしか、なんねえんだろうけど)

承伏しかねる、そう感じるのもしょせんは健児ひとりの感情でしかない。

恋は——あのふたりの、やたらこじれた関係が恋だと言うのなら、だが——当事者のものでしかなく、第三者が口をだせばだすだけ、めんどうなことになるのだ。

それとわかっていても、口を挟まずにはいられなかった。それをわかっているから、來可も寛も健児に対してなにも言い返しはしないのだろう。

(いや、そうでもねえか)

來可の名前を呼ぶなと叫んだ寛は、高校時代のことをすべて捨てて、やり直したいと訴えていたのだろう。調子のいいことを、と思いはしたが、それが來可の望みでもあるなら、本当に健児のでる幕はないのだ。

「……おれは、なにがしたかったんだ?」

自問しつつ、ひとり、ぼうっと壁を眺めていた健児は、不意にドアが開く音で我に返った。

そこにひょこりと現れたのは、デリバリーの器をとりにきた和以だった。

「えーと……こんばんは? えと、アルバイトの健児くんだよね。《藪手毬》の芳野です」

「どもッス」

「真っ暗だけど、どうしたの。電気もつけないで」

すこし驚いた顔をして健児を見つめたあと、きょろりと周囲を見まわす。気を遣うのもおっくうで「なんすか」と低く問えば、和以は手にしたケースを掲げてみせた。

「器、とりにきたんだけど」

「あー、流しにあると思いますけど」

「じゃあ持っていくね」

この事務所の内部については、健児よりくわしいらしい。灯《あか》りをつけないまま、ひょこひょことした足取りで流しに向かった和以は、持ってきたケースに汚れた皿をしまいながら、唐突に言った。

「ひどい顔だね。ふられちゃった?」

「そんなんじゃねえスよ」

間髪をいれずの返事は、自分でも驚くほどかすれていた。本当にたぶん、そんなものではなかったのだろう。それこそ來可に対しての気持ちが恋になっていたのかも、自分では定かでない。けれど、ただ『違う』という言葉だけが頭のなかをめぐっている。

「ほんと、そんなんじゃねえッス」

繰り返し、まるで自嘲《じちょう》するように言って健児はうなだれる。自分の膝に肘《ひじ》をつき、組んだ指の間に額を押し当てていると、和以が重ねて問いかけてきた。

「じゃ、恋人いない?」

「いねえけど」

このときまで、健児は和以と話したことなど、あまりなかった。いつもにこにこしている、それもおだやかというよりゆるい感じのする、近所のデリの店長。その程度の認識でいたから、「ふうん」と微笑んだ和以が唐突に隣に座ってきたのに驚いた。

「なんすか」

「いっつも怒った顔してるよね、健児くんて。そのくせなんか寂しそう」

距離の近さにも、ぶしつけな言葉にもたじろぐと、突然「眉間にしわ」と指で額を伸ばされた。親しくもない相手にいきなりなれなれしくされ、ぎょっとして声が荒くなる。

「ちょっと、なんなんだよ。やめろ」

手を振り払おうとした健児にもひるまず、和以は顔を近づけた。「ねえ」と微笑む唇が近い。やわらかくふっくらとしたラインのそれは、いまにもふれそうなほどだった。

そして、どきりと心臓が跳ねた。

（なんだ、この顔）

間近に見ても、驚くほどにきれいな顔をしていた。うつくしいと言ってもかまわない。なめらかすぎて本当に人間なのかと疑わしくなるほどの肌、健児より年上だろうに、くすみや髭《ひげ》のあとすら見あたらない。

髪の色よりすこしだけ濃い、栗色のまつげ。その奥から覗く紅茶色の目。

そんな、全身が高級菓子でできているような男が、唐突に言った言葉は、健児の度肝を抜いた。

「ねえ、健児くん。ちょっと身体で慰めあったりしない？」

あまい吐息をまぜたそのささやきに、健児は目をしばたたかせ、ついで顔をしかめた。

「……はあ？」

「おれも寂しいし。たぶんだけど、きみとはセックスの相性いい気がするんだよね」

長いひとさし指が顎を撫でていく。ぞくりとした。喉をかすめた爪《つめ》に、腰がしびれる。身体にふれることをよく知っている手だ。もっといえば、彼の言葉どおりセックスを知り抜いた指だ。

この男を抱いたら、すごいことになる。直感で悟り、無意識に、喉が鳴りそうになる。だが同時に、あまりに突然すぎるすべてへの違和感と警戒心はますます強まった。

「おれも、ってなんだよ。べつにおれは、寂しいとかねえけど」

ぞわぞわと背筋を這《は》い上がるものをこらえ、健児は言った。しかしその言葉にはまったくとりあわず、和以は笑みを深めてみせる。

「報われない恋でもしてるみたいな顔してたじゃない。つらくないの？」

言われて、とっさに否定しきれなかった。たしかにいま健児が味わっている感覚は、そういう言葉で表現するのに近いものだし、高校時代、あの不器用な義弟を好ましく思ってもいた自覚はある。

(けど――失恋？　そんなタマか、おれが)

健児が本気で來可を欲していたなら、あそこで好きにしろなどと言えなかった。まどろっこしいのはきらいな性分だし、そもそも寛のほうを向くなと説得したりするよりさきに、さらって奪っていただろう。

(じゃあ、なんでこんなにぐだってんだおれは)

自分でもよくわからない感覚をもてあましているうちに、和以は話を進めてしまう。

「ね、好きな子に操をたてるとかってガラじゃないでしょ。だったらキモチいいこと、おれと共有してもいいんじゃない？」

彼のほのめかしたとおり、たしかにこれは相性がいいだろう。敏感な部位とはいえ、肌に指がふれただけで、こんなにも感じさせられたのははじめてだ。

だが、やすやす誘いに乗ると思われているのは業腹で、健児は目を尖らせた。

「……なにを勝手に、報われねえとか、ガラじゃねえとか、憶測だけで知ったような口きいてんだよ」

手首を強く摑み、今度こそはと蠱惑《こわく》的な手を引きはがした。だがするするとなめらかに動く指は、健児の指に絡みついてくる。あきれた目で見ても、和以は微笑むばかりだ。

「あれ、違う？」

「ぜんっぜん、皆目見当はずれ。……だいたい、恋とかじゃねえし」

そのひとことを口にするだけで、どっと疲労感が増す。來可相手に——と考えると、なにやら気まずささすらあった。

もう放っておいてほしいのに、和以は性懲りもなく顔を覗きこんできた。

「恋じゃないなら、なに？」

あらためて問われた言葉に、答える義務などなかった。だがその声が妙に真摯《しんし》に響いたのと、目を見つめてきた彼の表情がけっして茶化しているようには見えなかったことで、気勢がそがれた。

なにより、自分自身、どうしてここまで寛と來可のことが気になるのか、しっくりいっていなかったのだ。いっそ、來可を好きだったとシンプルに考えることができれば、まだ納得がいったのかもしれない。

（けど、こりゃ、そんなんじゃねえ）

ある意味で、恋愛よりもっと根深く、めんどうくさいものだ。ただ自分のなかでうまく言語化できず、それだけに分析することもできずにいた自分のなかのこだわりについて、健児はふたたび考えこんだ。

そうしていろいろと考えあぐねたあげく、いちばん近い言葉をつかみ取る。

「なんか……後悔とか、そんなんじゃねえの」

口にしたとたん、これも違うか、と顔をしかめる。だがさらに思考を掘りさげようとするよりはやく、和以がそっと問いかけていた。

「なにかしちゃった？」

不思議なことにその声音は、健児のささくれた気分をやわらかく包むようなあまさがあった。だからだろうか、今度の言葉は考えるよりさきにこぼれていった。

「……なんもしなかった」

ようやくしっくりする言葉が口からこぼれ、健児は息をついた。

來可に対して覚えるものは、罪悪感と喪失感のようなものがいちばん大きかったのかもしれない。護ってやりたくてできなかったという、後悔。それをかたちにしたのが來可だった。

なにかから目を背けるように、健児は片腕で顔を覆う。

「弟みたいなやつがいて、おれはおれの意地で――っつか、気にくわないやつとそいつがつるんでるって理由で、ほったらかしちまった。そしたら、いろいろひでえことになってて。すげえしんどかったときに、助けてやれなくて……知ったときには終わってた」

視界を覆っているせいか、思うよりも言葉は楽にこぼれていく。ほとんどはじめて口をきく相手に、なにをべらべらと。そう思っているのに、声を発するごとに胸につまっていた重たい石が取り除かれていくような、そんな気がした。

酒に酔ったかのようだった。そっとうながす和以の声もまた、告白欲に拍車をかけた。

「弟くんは、それで?」

「いろいろあったけど、勝手に立ち直った。性格は、変わっちまったけど」

高校卒業からだけでも三年以上、健児は壊れかけた來可をずっと見守ってきた。だが償いきれもしないまま、要因そのものである男の手であっさりと、連れていかれてしまった。なんだかいつまみ、ごく短い説明でつづった過去は、ひどく薄っぺらいものに思えた。なんだか座りが悪い気分になり、健児は自嘲する。

「ガキの後悔だ。ばかみてえな話だよ」

「そうかな、青春だなあって感じでいいじゃない」

けろりと言う和以の言葉に、なぜか笑いがこぼれた。ほかの誰かに言われたら不愉快に思えたかもしれないけれど、ふわふわと軽い口調に、このときの健児はかすかに救われた。

「青春か。にあわねえ単語」

「まだ学生さんでしょ。いいじゃん。おれ、ろくに学校いってないからうらやましい」

するりと言われた言葉を、健児は「へえ」と軽く受け流した。

このときはまだ、和以がどんな生活を送ってきたかなど、まるで知らなかったからだ。

「あんた店長だろ?　まっとうに働いてんだから、学歴とかべつにいいだろ」

「……おれ、まっとうかな?」

その言葉に驚いたような響きを感じて、目のうえに乗せていた腕をどける。ゆがんだ目元をじっと見つめてくる和以の顔は、薄暗い部屋のなかでもふわりと発光して見えるほどあざやかだった。

「そりゃ、店ひとつ任されてて、そうじゃないってことねえじゃん」

「そっか。……ふふふ」

そのとき、和以がとても嬉しそうに笑った。

見ているほうがどきりとするような、幸せそうな笑み。どこかくすぐったさをこらえるような、子どもが褒められて喜ぶような、そんな表情に思わず見ほれていると、彼はしなやかな腕を健児の首に絡めてきた。

「おい？」

「ね、やっぱり、しよう」

あまい声が、耳をくすぐる。ほんのわずかに耳殻を嚙まれ、ぶるっと背中に震えが走った。その反応をしっかりと見てとり、和以がにんまりと笑う。

「おれ、健児くん気にいっちゃった。やろ」

「ここでかよ」

「べつにおれの部屋でもいいけど……」

言いながらしなだれかかってきた和以の腿《もも》はやわらかく、熱かった。ふれてきた唇も同様で、ふだんならばこんな軽すぎる誘いは拒むはずの健児も、うっかり流された。

「ん……っ」

とろりとした口のなかは熱く、舌はなめらかだった。漏らす息、声、すり寄せてくる仕種。見た目のとおり、なにもかもがあまく芳醇《ほうじゅん》な男で、うっかりするとキスだけで勃起《ぼっき》させられそうだった。

（すげえな、こいつ）

事務所の応接ソファのうえは、健児ほどの大柄な男にはけっして快適な広さはない。だというのにそれを忘れそうになるのは、するりと絡みついてくる身体が信じられないくらい心地いいからだ。

痩《や》せているはずなのに、ひどくしなやかでやわらかい。背中から腰にかけて撫でてやると、健児の腿を両脚で挟むようにした和以が身をくねらせ、熱くなった場所を押しつけてくる。

（抱き心地も、感度もいい）

年齢の割にはそれなりに経験も積んでいる自負はあったけれど、気を抜けば押し負ける。そううかうか、誘いに乗ったと思われてはおもしろくないと、舌を強く吸ってやる。

「んっんっ……」

びくっと震えた和以が、すこしあわてたように唇を離した。ぬるりと赤い舌が、濡れた唇を舐める。

「あは、やっぱりキスもじょーず」

「……そりゃどうも？」

唾液《だえき》をぬぐった健児の舌を、和以の目が追っていた。物欲しそうな目はわかりやすく、これも悪くない。

ただなんとなく、どうしてこうなったんだ、という奇妙な感覚だけがぬぐえない健児にまたがり、和以は楽しげにあちこちへとふれてくる。

「健児くんて、男と寝たことあるの？」

「まあ一応、どっちも」

「モテそうだもんね」

いまよりもっとてきとうで鬱屈《うっくつ》していた時期、健児はかなり遊び歩いていた。大学の一年ごろがいちばんひどかったかもしれない。手当たり次第に誘ってくる相手と寝た。いま思えば、よく病気にならなかったものだとすら思う。

「……すごいね、いい身体」

和以は健児の服をゆっくり、うえから脱がせていった。肌があらわになるたびに唇を寄せ、やさしくついばみながら、引き締まった筋肉の畝《うね》を指でなぞる。

「なんか運動とかしてた？」

「筋トレと、ボクシング。仕事で、いろいろあったとき動けないと困るしな」

「ふうん。けんか、強い？」

健児は無言で肩をすくめた。ここ最近は平和な仕事が続いているけれど、あえてもめごとの最中に突っこんでいくような真似《まね》もした。

というより、《アノニム》で働くようになったきっかけが、クラブで起きた乱闘騒ぎのせいだった。タチのよくない遊びかたをする大学生のひとりが、泥酔した女の子をVIPルームに連れこもうとしていたのを健児がとがめ、お互いの友人同士もひっくるめての殴りあいになったのだ。

その場をおさめたのが、健児ともめた相手をつかまえにきた創十郎だった。

――おまえ、けんか強いな。ちょっとバイトしない？

そんな軽い口調でスカウトを受けたあれが、まさか就職先になるなどと当時は想像もしなかったけれど。

「……ねえ、あのさ。さすがにマグロになってるのはどうかと思うんだけど」

ぼんやり思いだしているうちに、上の空になっていたらしい。ふと気づけば、和以がじろりとこちらをにらんでいる。

「ああ、悪い」

「こっちばっかサカって、ばかみたいじゃん」

不服そうに口を尖らせた和以の腕をつかんで、引き寄せる。「わ」と驚きの声をあげた唇をふさぐと、そのまま舌を絡めた。

「んん」

いきなりのそれに抗議するような声を無視して、細い身体を探る。シルエットではずいぶんときゃしゃに思えたが、貧相ではない。シャツのまえをすべて開けたところで、驚くほどにきれいな身体があらわになった。

「……へえ」

思わず感嘆の声があがる。まず骨格のバランスがいい。そしてシミも傷跡ひとつもない、クリーム色のなめらかな肌に、くすんだ赤みの乳首。浮きあがった腰骨をなぞってボトムごと下着を引きおろす。わずかに兆した性器のかたちまでもが整っている。

「気にいった？」

自分の容姿がどの程度のものか知り抜いた顔で、和以は艶冶に笑う。健児の膝の間、ソファの座面に片膝を置いて、首に腕をかけてくる。その背中を両手で撫でおろした。いまは見えないけれど、おそらく肩胛骨《けんこうこつ》のかたちもうつくしいのだろう。

「きれいなもんだな。手入れしてんのか」

「あは、もともと売り物だったしね。……って、身体売ってたわけじゃないよ？」

アンダーヘアにふれると、ひどくやわらかかった。専門のエステにでもいっているのだろうかという整い具合に、体毛はほとんど見あたらない手足。

「なに売ってたんだよ、じゃあ」

「見た目、そのまま……っ、あ」

やわらかにペニスを握りこむと、なまめかしく腰を振ってしなだれかかってくる。ふふ、と笑った和以はしなやかな手で愛撫《あいぶ》をやめさせ「さきに舐めてもいい？」とささやきながらひざまずく。

「おれ、フェラ好きなんだあ……嘘《うそ》つけないでしょ、これ」

「ふうん？」

脚を開いて、好きにしろとばかりに爪先を投げだす。たいがいな態度の健児に、なにがおかしいのか和以はますます笑みを深めた。

「いいよね、健児くんて偉そうっぽくて」

「どういう意味だ、そりゃ」

かすかに語尾が乱れたのは、ぬるりとしたものが下半身に絡みついてきたからだった。仕事場で、全裸のままのきれいな男に額《ぬか》ずかれ、口淫《こういん》を受けている状況がひどくシュールだ。それもこんな、ひどく最低な気分の夜に。

（なにやってんだかな、おれも）

気分がダウンなせいなのか、萎《な》えたそれをしゃぶる愛撫にも芳しい反応が返せない。

（つーか、へたなんじゃね？）

和以の愛撫がずいぶんとソフトであるのも一因だったが、半分はテンションがあがりきらないためだ。ひどくだるい感覚に身を任せながら、手持ちぶさたの健児はなんとなく、無意識のままに煙草をくわえて火をつけた。

「……ちょっと、いま吸うかなあ」

ぷかりとふかしたそれのにおいで気づいたのか、濡れた唇をぬぐった和以が抗議の声をあげる。くわえ煙草のまま、健児は目を細めて彼を見おろした。

「そっちこそ、好きだっつーわりにはずいぶん、ぬるくねえ？」

「うまいとは言ってないよ。するのが好きなだけ。……まあいいか、勃《た》つことは勃ったし。ゴム持ってる？」

「あるけど」

念のために常備しているそれを差しだすと、和以はあきれるほどの手早さで健児にコンドームをかぶせ、そのまま予告もなしに飛び乗るようにして膝にまたがってくる。

「ちょ、おいっ」

振動にぽろりと灰が落ちる。和以は健児の口から煙草を取りあげたあとにひとくちだけ吸いつけると、背後のテーブルにあった灰皿に押しつけてもみ消し、首に両腕をまわした。

「いいよ、いれて」

シャツ一枚だけをまとった和以は、そう言って微笑んだ。同性同士の行為も知らないではない健児としては、その言葉にぎょっとする。

「おい、慣らさなくていいのかよ」

「うーん、きのうしたから平気だと思う」

「……相手いんなら勘弁しろよ」

寂しいとかなんとか言っていた気がするが、浮気相手にされるのはごめんだ。はっきりと非難の色を表情に載せた健児に、和以は目をまるくしたあとに笑った。

「あははは！　健児くん、そんな見た目なのに、ほんとにまじめだぁ」

「んなんじゃねえっつうの」

彼の言う「まじめ」はどう聞いてもいい意味にとれず、健児は顔をしかめる。なにより、操だてする性格ではないだろうと言っておいて、そのいいざまはなんなのだ。

「あとにめんどうがくっついてくるようなのは、セックス程度じゃ埋めあわせになんねえだろ」

「心配しないで、そういう意味ではフリーだから」

「おい、行きずりか？　ならよけい怖えよ」

脚を開いて男の膝に載っているとは思えない屈託のない顔で、和以はなおも笑った。

「違うよ、ひとりで遊んだだけ。寂しいってのは、言葉のとおり」

「ほんとかよ」

「こんなことで嘘つかないって。ていうか、それが怖かったら生で口でさせるのうかつ」

和以は舌をだして自分の人差し指で軽くそれを押さえたあと「もうやっちゃっただろ」とコケティッシュに笑う。

「安心して。病気も持ってないよ。そんなことしたら創十郎さんに怒られる」

「ここで所長の名前だすなよ。萎えんだろ」

「えっ、やだ、だめ」

のけぞってうめいた健児にあわてたように言い、和以はペニスに手を添えてきた。正直、口でするよりも手のほうがうまい。軽く数回しごかれただけで、こわばりを増したそれを嬉しそうに見おろしたあと、にこりと微笑む。

「ねえ、腰つかんで。しっかり抱いてて」

言われたとおり、薄い腰に手を添える。そのとたん、健児はぞくりとした。見た目のとおり、吸いつくような肌だった。やわらかく、しっとりとしていてひどくさわり心地がいい。

肩に腕をかけた和以が、目を細めて微笑む。淫靡なのに、どこかやさしい表情に思わず見ほれると、猫のようなしなやかさでゆっくりと背中をのけぞらせた。

「ゴムにジェルついてるし、たぶん平気。……おれね、いれるの、好きなんだ」

だから、このまま、強引に突っこんで。

吐息だけの声で耳に直接ささやかれ、ぐっと身体のなかの圧が増した。勢い、突きあげるようにして押しこんださき、強烈な快感にこめかみがしびれる。

「あ、ふ……っ」

嬉しそうな声をあげ、和以が耳を噛んでくる。長い脚が折れ曲がり、健児の腰を挟みこんだ。不自由な体勢でひどく動きづらいけれど、それくらいでよかったのかもしれない。でなければ、一瞬で持っていかれそうなくらい、和以の身体はなめらかだった。

「……っ、ちょ、すげえ」

「ん、ふふ。やっぱ、り……っ」

薄い身体をきつく抱きすくめ、じっとしていても勝手に吸いこまれるような粘膜のうねりに耐える健児は、和以の漏らした声を聞きとがめた。

「やっぱりって、なん、だよ」

情けないことに息が切れている。じわじわと締めつけ、しゃぶるように動く和以の身体はすさまじすぎた。けれど相手も小刻みにぶるぶると震えては健児の肩をひっかき続けている。

「いいと、思った、んだ……健児くん、と、セックス……」

品のいい唇であえぎ声を放つ和以は、自分が言ったろこつな単語を味わうように唇を舐めた。その赤さに誘いこまれるようにして唇を寄せると、ヘビのようにぬらりと舌が絡みついた。キスをしているだけなのに腰がざわつき、首筋に鳥肌が立つ。

（取りこまれる……）

全身が心臓に、あるいはペニスになったかのように脈打っている。手足を絡みつけた和以の身体をもっと深く味わいたくて、健児は細い身体をつかまえたまま体勢を変え、彼をソファへと組みしいた。

「うぁっ！　も、いきな、り……っ」

「動きづれえんだ、よっ」

手足に絡んでいた衣服をむしるように脱がせ、床に放ると、立て続けに強く突きあげた。

ああ、ああ、とむせび泣くような声をあげる和以のペニスも高ぶり、健児の腹にこすれてはぬめったあとを残していく。

それを指でぬぐって、意味もなく赤い乳首に塗りつけた。とたん甲高い声をあげた和以がぎゅうっと内部を絞りあげる。衝撃すら感じるような刺激に奥歯を食いしばって、健児はにやりと笑った。

「乳首、感じんの」

「う、ん、うん、あ、あー……っ、あっ！」

「ふーん。たしかにすげえな」

いいながら、もう片方にも手を伸ばした。ちいさい尖ったそれを両方同時につまみあげてひっぱると、和以は苦しそうに顔をゆがめて自分の手の甲を嚙む。指をこすりあわせるようにこねてやれば、開いた腿のうちがわが筋を浮きあがらせるほどにこわばり、もどかしげに腰を揺すってきた。

爪を立てると、両脚をじたばたさせてこらえきれない快感に悶《もだ》える。舌で撫でればしゃくりあげ、激しく突きながら広げた両手で胸の薄い肉をつかむと、首が反るほどに身体をしならせた。

「あぁ……っ、あっ、あっ、あっ」

「そんなに好きかよ、これ」

突き放すような言いかたで揶揄する。しかし恥じらって否定するどころか、和以は「うん、うん」とうなずきながら、健児の頭を胸に抱えこんだ。

「お、おれ、乳首だけでいったこと、ある……」

「すげえな、どんだけ開発されてんだ」

「だって、気持ちい……っぁあ、も、あああああっ！」

ぢゅうっと音を立ててきつく吸ってやると、潤みきった紅茶色の目からしずくがこぼれる。どうしてかそれを見つけたとたん、もっと責めさいなみたいような、逆にやさしくしてやりたいような、複雑な気持ちになった。

後者はガラではないし、そうしてやる理由もない。だから健児は衝動のまま、長い脚を担ぎあげ、遠慮も斟酌《しんしゃく》もなしにとろけた粘膜をえぐるように突く。

だが乱暴にすればするほど、柔軟に受けとめて快楽へと変化させる和以の奥は、果てがないほどで、いっそおそろしかった。

（なんだ、この身体）

心臓の音がひどくて、すべての物音が遮断される。そのくせ、和以の肉とぶつかる音やぬめった水音、彼のかすれたあえぎだけは鼓膜からはいりこんで脳の奥を浸食する。

「あぁあ、も、いく……いく……っ」

きつく握りしめた手のなかで和以がしぶきをあげた瞬間、いままでに知らなかった高揚に胸をつかまれ、引きずられるように健児もまた、彼のなかへと熱を放っていた。


本当によけいなことはなにもなく、官能だけをむさぼりあう時間が終わって、健児はいささか放心状態だった。

「よかった？」

「あー……まあ」

うん、とうなずいた健児に、まだ裸のままの身体を絡みつかせて和以が誘う。

「もうちょっとしたいけど、さすがにもう、まずいよね……」

どうする？　うちにくる？　耳元をくすぐるささやきを拒む意味などもうなくて、健児はそのままさしのべられた細い手を取った。

のちに、どうしようもないめんどうを持ち込む相手だと知っていたなら、このときの健児はおそらく、首を縦に振らなかっただろう。

「ね、うちのベッド、広いから」

もっといろんなこと、いっぱいしない？

身体と同じくなめらかな声が、蜜《みつ》のような誘いをかけてくる。

シンプルで、身体だけ。それも極上の快楽を与えてくれる存在。楽で、あとくされもなく、それだけでいいならと——そのときは思っていた。

＊　＊　＊

盗撮カメラの仕込まれたホテルから、自宅アパートに和以を連れていったのち、健児は「いったん報告も兼ねて事務所に向かう」と告げた。

「あんた仕事ねえなら、ここでおとなしくしてろ。あと、飯とか買いだしてきたもんあるんで、てきとうにしててくれ」

パソコンと机、テーブルに本棚という最低限のモノしかない六畳間をおもしろそうに眺めていた和以は、「わかったー」と生返事をした。

「いいか、外にでんなよ。あんだけ苦労したのパーになるから！」

当初、彼のマンションからあの安ホテルへ直行コースだったため、ヘルメットをかぶっていれば顔も隠せるしそれでいいと考えていたが、宿を変えたことでの誤算が生じた。

移動の途中、一瞬ヘルメットをはずして顔が見えるだけでも和以はおそろしく目立った。あげくにはどんな偶然か、コンビニで待てと言った際のほんの数分を店の常連客に見つけられ、これまた盗撮されてSNSに、ざっくりとはいえ場所名いりで投稿されるというハプニングが発生したのだ。

【道玄坂にて藪手毬のカズイさん発見！　やっぱり素敵〜】

そんなタイトルの、悪気なくミーハーな写真は一気に拡散され、【いまどこ】【私服かっこいいわたしも見たい】という反応が続出。

いつの間にやら『カズイを探せ』的な書きこみで携帯で開いたネットの画面が埋めつくされていくのを目の当たりにした健児は、もとモデルという男のオーラを舐めきっていた自分を呪《のろ》う羽目になった。

結果、いちばん近くの古着屋に飛びこみ、その日着ていた服をすべて覆い隠すもっさりしたコートとニット帽、安いダテ眼鏡《めがね》にマスクを購入したわけだが、「でもこんなのと健児くんのタンデムって逆に目立つし、さっきまでおれが二ケツしてたのみんな見てたよ」のひとことで、泣く泣くバイクすらも置いてのタクシー移動となった。

（経費速攻だしてもらわねえと、懐がどうしようもねえよ……）

新宿のはずれにある事務所に向かったならば、渋谷からもそう遠くはなかった。だが念のためにタクシーでぐるぐると迂回《うかい》したルートで帰宅したのは、二十三区をはずれてぎりぎり都内の健児のアパートだった。

——えっ、なにお客さん、尾行撒《ま》いてるの⁉　よっしゃまかせておけ！

そんなノリノリの運転手が無駄にはりきってくれたおかげで、手のなかのレシートには万を超える金額。しかも日はとうに暮れ、あたりは真っ暗。

「こんなに暗くなってたなら、あのままバイクで移動してもわかんなかったよねえ」

けろりと言ってくれる和以の言葉が、健児のいたたまれなさに拍車をかける。

ここまで自分は仕事のできない人間ではなかったつもりなのだが、どういうことだ。ずきずき疼《うず》くこめかみをさすりながら、健児はふたたび玄関に向かった。

「……とにかく、事務所いってくっから。きょうはもう外でんな。インターホンとか鳴らされても、ぜったいでんなよ」

「健児くんは帰ってくるときどうすんの」

「おれは鍵持ってるから。で、あした、出勤も送ってくから、さっさと寝とけ。風呂とかも勝手に使え」

「はあい。あ、健児くん」

玄関までついてきた和以が、背中をつつく。なんだ、と振り返ったとたん、首に手をまわされてキスされた。やわらかく吸いついてきた唇に啞然となった健児が目をしばたたかせていると、すぐに離れてにこりと笑う。

「新婚さんごっこ。いってらっしゃい」

「……あほか？」

「帰ってきたら、おれとする？」

「しねえよ！　仕事だっつってんだろ！」

ひらひらと手を振る和以にうんざりした顔で吐き捨て、乱暴にドアを閉めた。とたん、薄いドア越しにも和以がけらけらと笑っているのが聞こえてくる。健児は怒鳴りつけたいのを必死でこらえつつ、ふわりとあまい感触の残った唇を手の甲でこすったあと、そういえば、セックスをするでもないのに彼とキスをしたのははじめてだったと気づく。

（……だからなんだってんだ）

調子が狂いすぎだと、唇をぬぐった甲をジーンズにこすりつけ、健児は足早にそこから離れた。時刻は深夜、ここから事務所までは遠く、またタクシーを使うしかない。

（経費、落ちるんだろうな、これ）

アパートの階段を下り、通りにでたとたん、視線を感じて振り返る。とそこには、窓から身を乗りだして、こちらへと手を振る和以がいた。

「ばっ……！」

ぎょっとしたのは、せっかくここまで無駄な変装までして連れてきたのに、あのきれいでゆるい顔のままだからだ。思わず怒鳴ろうとして、もう夜半であることに気づいた健児は手振りだけで伝える。

（さっさと引っこめ！）

しかしそれを、どう受けとったのか。嬉しそうに大きく手を振り返してくる和以に、もはや怒りより疲れしか覚えず、健児はさっさと背を向けた。

（あいつはほんとに、なんのためにここにいると思ってんだ⁉　心底あほか、あほなのか！）

バイクを置いてきてよかったと心底思った。この心理状態では運転も乱暴になりかねず、交通違反でもやらかしてはしゃれにならない。冷静になれと自分に言い聞かせ、情報を整理しようとつとめた。

けれどなぜだか、脳裏によみがえるのは、この日和以がつぶやいた言葉ばかりだ。

──なんか……疲れて、やめちゃった。

──嬉しいなあ。子どものころから、ともだちんちにお泊まりとかしたことなくてさ。

──お泊まりにいったさきのお父さんにイタズラされそうになっちゃったから。

「……あー、うるせー」

どれもこれも、ささやくような声ばかりだったのに、耳について離れない。

健児はもう考えるのを放棄したまま、流しのタクシーがいる通りを目指し、夜の道を無心で走り抜けた。

＊　＊　＊

無駄に疲労を覚えながらたどりついた《アノニム》では、これまた疲れる男が待っていた。

「おお、健児。おっつかっれちゃーん」

「……おつかれっす」

コーヒーサーバーのまえに立つ所長は、鼻歌でもうたいそうな勢いで自分のカップにコーヒーを注いでいる。

「所長はえらい元気すね」

「うん？　うーん、まあね、お仕事うまくいったからかね」

創十郎のご機嫌な顔を見ていると、なぜだかむらむらと殴りたくなってきた。その気配を察したのか、両手を広げていた創十郎が「おっ」と目をまるくする。

「なんだ健児、いまにもひとを殺しそうな目をしているぞ」

「なんすかそのわざとらしい台詞は」

舌打ちし、一日走りまわって疲れた身体をソファにどさりと沈ませる。その姿を眺めながら、創十郎はコーヒーカップにミルクをたっぷり注ぎ、砂糖をふたつ放りこんだ。

「糖尿んなるっつってっしょ。この間の健康診断、やばかったんじゃねえの」

「だいじょうぶ、ギリでＯＫだ」

本当かどうかわからないことを言いながら、立ったままあまいコーヒーをすする。健児はソファの背もたれに両腕をかけ、目のまえのテーブルに長い脚を投げだした。

「なんなんすか、今回の仕事はっ」

「うん、おまえにしちゃめずらしく、いろいろ段取りしくったよね？　ストーカーのついてる保護対象、あっちゃこっちゃ連れまわすなんてやらかしたよね」

いきなりのつっこみに、健児はぐっと顎をひいた。

ここにくるまでの間に仁千佳へと連絡をいれ、例のホテルのチェックインと後始末を頼んだ。その報告が、創十郎にも伝わっているのは当然の話だ。

「つか、言いましたよね。最初から、おれじゃ無理っすよって」

「でもさあ、もうちょっとなんとかすると思ってたんだよ。だって健児、いままで任せた仕事こなせなかったことないんだもん」

プライドを逆なでするようなことを言われ、かちんときたが、そもそもが無茶な話だろうと健児はつめよった。

「人間、できることとできんこととあるでしょうが。ストーカーついてるっつっても、レーザー盗聴器とか仕込むレベルだ。ありゃマジもんでやべえのに張りつかれてますよ？」

「そらそうだろな。あいつ、むかしはすごかったし。オーラまだ消えてねんだろ」

けろりとした言いざまに、不愉快さが押し寄せてきた。健児は剣呑《けんのん》な目で雇用主をにらみ

「なんだそれ」と吐き捨てる。

「あのなあ、すごかったしーじゃねえだろ。いみじくもあんたの義弟なんだろが。心配じゃねえのかよ⁉」

「うん」

軽くうなずいてみせる創十郎に、健児はもはや顎をはずしそうだった。気づいているのかいないのか、コーヒーをうまそうに飲む彼は、飄々《ひょうひょう》とした顔を崩しもしない。

「だってあいつ、ほんとにストーカーとか慣れてんだもん。違う意味では心配なんだけどさ」

違う意味とはなんだ。目顔で問えば「今回みたいに、ひとに頼ってきたのはじめてなんだよなあ。なんかあんのかな」と、創十郎はようやく眉を寄せる。

「いやだから、ストーカーがいままで以上ってことなんじゃ」

「んなこたないよ。あいつ若いころはそれこそ、いっしょに死んでくれ系のカルトなファンいっぱいいたし」

おそろしいことを、これまたあっさりと創十郎は言った。

「むしろ今回の件なんざ平和すぎて気づかないレベルなんだけどねえ、危険性ないし」

「……あんたはあんたで基準がイカレてんだろ」

どいつもこいつもと頭を抱えつつ、健児はここしばらくずっと頭に残っていた疑問を口に

した。

「つか、あいつってそんなすげえモデルだったんすか？　おれ、さっぱり知らんけど」

「ん？　なに？　和以に個人的興味わいた？」

なぜそこで嬉しそうな顔をする。健児は顔をゆがめつつ「違うっつの」とため息をついた。

「それこそ、むかしのファンが居場所突きとめた可能性だってあんだろ。けど、和以がどの程度のモデルで、どの程度の知名度があったのかすらわかんねえんじゃ、アタリのつけようもねえんすよ」

なにより健児が引っかかっているのは、和以の経歴だ。

もともと興味がないため知らなかったのだが、今回の依頼にあたり、健児はモデルだったという彼のプロフィールを簡単に調べた。創十郎に行ったとおり、盗聴のものものしさから、カルト的なファンがとった行動だということも想定されたからだ。

しかしネットの記事をたどっても、図書館で活動時期にかぶるファッション誌などを探してみても、『芳野和以』というモデルはほんの数年程度の活動履歴しかでてこなかったし、さほどメジャーなものではなかった。

「おれが知らなかったし、調べてもわかんなかったのは、女性としてモデルをやってたからだっつうのは聞いたんですけどね……男性モデルとしては大成しなかったとか言ってたのが、なんか引っかかる」

「……引っかかるってなんで」

創十郎がおもしろそうに目を細めた。健児は気づかないふりで言葉を続ける。

「三十近いいまですら、あれだろ。若いころなら、いくらでも商品価値あっただろ」

たとえ身長がいまひとつだろうと、あれほど美麗な顔の男だ。売りようはいくらでもあるだろう。ショーモデルとしてでなくとも、雑誌モデルに転向することや、場合によっては俳優、タレントになる道もあったはずだ。

そう告げると、創十郎はにやにやしながら「ふうん」と意味深な声をだす。

「……ふうんて、なんすか」

「いやいやいや、ずいぶん和以のルックス、評価してんだなって思ってな。身内としちゃ、嬉しいのよ」

健児はいよいよ腹がたってきた。今後について対策を練るためにも知りたいと思っているのに、なぜそうのんきなことばかり言うのだろうか。

「あのな、茶化してる場合じゃ――」

「茶化してねえって。ほんとにあいつ、売れなくなっちゃったんだもん。……ていうか、売ることそのものが、できなくなっちゃったっていうのかね」

創十郎の口調こそ軽かったが、伏せた目の奥に苦さが透けている。どういう意味かをつかみあぐねている健児に気づき、コーヒーをがぶりと飲んだ彼は「おまえも飲む?」とカップを掲げた。

「そんでちょっと、おっさんの知ってる子の、むかし話につきあいなさいよ」

「……わかりました、いただきます」

長丁場になるという意味だと理解し、健児は軽く頭をさげた。創十郎は、笑う。

「健児は見た目悪ぶって見せてっけど、ほんとにまじめないいこだよなあ」

「……あんたも和以もしょっちゅうそれ言いますけど、ばかにしてんすか？　それにおれ、べつに悪ぶって見せてるつもりねえすけど」

「うんうん、目つき悪いのは生まれつきな。……ほれブラック」

どうも、と受けとりつつ顔をしかめていると、創十郎はようやく向かいのソファに腰かけ、妙にやさしげな目つきをした。

「ばかにしてんでもねえしな、むしろ褒めてんだよ。おまえは根っこがただしいし、きちんとしてる。そういうのはな、資質の問題もあるけど育ちの問題もやっぱ、あるんだ」

息をついて、創十郎はくしゃくしゃになった煙草のパッケージをとりだした。歯に引っかけて一本を引き抜いたあと、愛用のジッポーで火をつける。

しみじみと、身体に悪いものが好きな男はうまそうに煙を吐いたあと、「ん」とこちらに封の開いた口を向けてくる。軽く片手をあげて、健児も一本をもらった。

「んであれだ。育ちの問題の話な」

「和以っすか」

うん、とうなずいて、創十郎は彼いわくの「むかし話」をはじめた。

「女性モデルってことまで知ってるなら、あいつがあかんぼのときからモデルだったのは聞いたよな?」

「うす。やめた当時で芸歴二十年くらいだったとかなんとか」

「それなあ、軽く言ってるけど、けっこう修羅場だったのよ——」

本人の言葉どおり、幼少期にモデルをはじめた和以は、成人するまでの期間、ほとんど仕事が途切れたことがなかったそうだ。

「ひっきりなしに仕事をいれたのは、和以が飛び抜けてきれいな赤ん坊だったってのもあるが……あそこの家族が、赤ん坊の稼ぎがないとたちゆかないほど、金銭的に追いつめられてたせいでもあんだよね」

「貧乏だった、ってことっすか?」

「んや、逆。最初はそれなりのおうちだったよ。ちいさいけどそこそこ業績のいいデザイン会社やってってね。じゃなきゃ、モデルにできるほどきれいきれいな赤ん坊、育てらんねえでしょ」

ことのはじめは、プチ奥様だった和以の母親の気まぐれだった。仕事の絡みで紹介されたテレビCMの赤ちゃんモデル募集に応募し、トップで合格。有頂天になって次から次へと舞いこむ仕事を引き受けているうちに、すっかりプロのモデルになっていた。

「そうこうしてるうちに、父親の仕事がうまくいかなくなってさ。一気に会社が苦しくなって、けっきょくほぼ廃業になったわけ」

しかし、それはある意味親たちの自業自得でもあったと創十郎は言った。

「息子の稼ぎをあてにしすぎちまったんだよな。デザインの仕事、夫婦でやってたけど、母親はステージママ状態で、ほとんど和以につきっきり。父親のほうも、もともとちょっと芸術家肌っていうのか？　仕事のえり好みするとこがあったらしくて」

「よくわかんねえんすけど、子役モデルってそんなに稼げるもんなんすか？」

健児の疑問に「ピンキリじゃああるらしいが」とまえおきして創十郎は言った。

「和以の場合はおとなの人気モデルと、収入はほとんど変わらんかったみたいだ。それで親たちは楽を覚えたあげく、本来自分らの稼ぎじゃまかなえない、贅沢《ぜいたく》な生活覚えちまってさ」

幼少期の愛らしさなど、成長するにつれて変化していくのが定石だが、幸か不幸か彼の飛び抜けたうつくしさは、ずっと変わらなかった。そのため仕事は引きも切らず、両親はちいさなスターの売れ行きに――そこから得られる金と栄誉に、夢中になった。

創十郎の元妻で仁千佳の母、そして和以の姉でもあった和佳奈《わかな》は、そうした親たちを恥じていたという。

「あんな子どもになにさせてんだって、和佳奈さんもかなり怒っててさあ」

一連の流れを顔をしかめて聞いていた健児は、ふとわいた疑問を口にした。

「って、ひとついいすか。和以がいま二十八で、仁千佳が十八ってことは……どう見積もっても、和佳奈さんと和以って、年齢の開きすごくないすか？」

「ああ、うん。和佳奈さんとこ、再婚家庭だったから」

和佳奈を産んだ母は、彼女が十代のころ病気で亡くなり、再婚相手となったのが和以の母親だったそうだ。

「だから年齢差が十八もある姉弟でな。そもそも再婚自体けっこう複雑だったらしいんだが、和以がかわいい赤ん坊だったせいで、これまたこじれたわけよ」

「……モデルはじめたことで？」

「そう。で、うっかり大金はいってきて、親がおかしくなって。和佳奈さん、自分の大学の学費が赤ん坊の弟の稼ぎでまかなわれてたこと知って、ものすごいショックだったらしいんだ。で、大学時代は途中から奨学金と支援組織に頼って、まず金銭的に実家から離れた」

自立し家をでた姉と、仕事仕事でほとんど子どもらしい生活を送っていない弟。そのため、姉弟の仲は物理的に疎遠になっていたが、仲が悪いわけではなかったらしい。

「おれと結婚したときも、和以、きてくれてな。まだそのとき六歳だったけど、すげえ礼儀正しくて、大人顔負けの言葉で『姉をよろしくお願いします』なんつってさ。ほんとに完璧だったんだよ」

言葉遣いも礼儀もパーフェクトに正しい、すぎた美貌の六歳の子ども。痛々しいくらいにできた子だった、と創十郎は唇をゆがめる。

「でもその横で、親父さんたちは酒飲みまくってて、ろくに口もきかんかったわ」

当時、すでに事務所の方針で、謎の美少女としてテレビCMなどにも起用されていた和以のギャラは、平均的サラリーマンの年俸を超えていたらしい。

「幸い、事務所と専属カメラマンのほうが仕事の管理はちゃんとしてたし、商品としての和以の売りかたをわかってたから、タレントだのアイドルみたいに露出しまくって、すり切れることこそなかったけど」

代わりに、とある高級ブランドの専属モデルとして、十代のなかばまでをすごすこととなった。ハーフじみた顔だちをいかし、国籍も謎の美少女として、ひたすら仕事をしていたそうだ。

「覚えてねえかなあ、一時期『K』って名前で、ファッション誌なんかによくでてたんだが」

「女の子向けなら、見たことはないっすね」

健児はここまで聞かされても、やはり記憶のなかになにも見つけられなかった。テレビCMにでていた時期は和以が六歳ごろと言うから、こちらは二歳。覚えていないのも無理はないか、と創十郎はうなずいた。

「とにかく、そんなこんなで引っ張りだこでさ。だからあいつ、ほとんど親元で暮らしてないんだ。学校も、まともに通えてたのは小学生までかな」

いよいよひどい話になってきた、と健児は顔をしかめた。

「義務教育は、どうなってたんすか」

「撮影のために、北海道だ、沖縄だ、海外だ、って連れまわされてたからな。家庭教師つけられて、最終的には中学も高校も、認定試験受けるだけだった」

苦々しい顔をした創十郎は、「つってもそこまで忙しかったのは、あいつが十六歳ごろまでの話な」と言った。

「聞いたと思うけど、第二次性徴っつの？　あいつあれが著しくて、すげえ勢いで身長伸びたんだよ。モデルの最後のころで、一七八センチだったかなあ？　国内向けの女性モデルにするにはでかすぎる。そんで一時的に引っ込んで、今度は男性のショーモデルとして売りだしたんだが……今度は成長が止まっちゃってさ。一八〇センチないんじゃ、海外じゃあチビもいいとこだ」

——おれくらいのレベルのモデルで。

自嘲気味に言った和以の言葉がよみがえり、健児は眉間のしわを深くした。

「まあ、そこそこに売れたことは売れたよ。けど『女性モデル』時代と比べると需要が減ってさ。雑誌やテレビでタレント的に売っていくしか、って話になった」

「やっぱそうなんすか」

ようやく、自分が想定したあたりまで話がたどりついた。しかしそこで創十郎は「話は、あったんだけどな」と含みのある声で言った。

「結論から言えば、やんなかったってことっすよね。なんで?」

「和以はなんて言ってた?」

質問に質問で返され、知っているはずだろうといぶかりつつ、健児は答えた。

「同年代が遊んでるのに、自分は仕事か……みたいなこと言ってましたけど」

「うん、それが本音。和以流の言いかたで言えばな」

ならば創十郎の言葉にしたらどうなる。健児が目で問えば、彼はため息をついた。

「おれから見ても、あの時期の和以は限界ぎりぎりだったよ。オーラがうっすくなっちまってな。まだ二十歳なのに、こいつおれより老けこんでやがる。そんなふうに思うことも、すくなくなかった」

それもあたりまえだと創十郎は言った。プロのモデルとしての和以の社会人歴は、そのときすでに、当時四十だった彼よりも長かったのだ。

「言っただろ、六歳のくせに言葉遣いも礼儀もできあがりきってたって。正直、その年齢のガキなんざ、うんこだちんこだ言って遊んでる時期だぞ? そこで、おとなの結婚式なんてクソつまんねえ状況で、三時間、じーっとにこにこ笑って、背筋まるめることもしねえのよ」

そんなできあがりきった子ども、哀《かな》しいじゃないかと創十郎は眉を寄せた。

「しかもさ、どこでマスコミに見つかるかわからんからって、そのころからドレスよ。あいつ、けっこうな年になるまで、自分が男か女かわかんなかったんじゃねえかって、おっさんは思ったことありました。……それ、不健全じゃないよ、あんまりにも」

ため息をつく創十郎は「おれの子だったら、たまらんよ」とつぶやく。

「だからかなあ、遊びかたも半端じゃなくて。危なっかしくてひやひやしたことも何度もあったよ。ただまわりじゅうがほんとに、和以にめろめろになってたし、本当にやばそうなのには近づかない程度の危機意識はあったみたいだけどさ。……ちいさいころから、いろいろあったらしいけど、細かいことはおれには言わんし」

「それは……」

言いかけて、健児はやめた。このてきとうそうでいながら懐深いオヤジに、あんたが初恋だったからだろう、などと、なぜか教えてやりたくなかった。

「だからさ、いまあいつがゆるゆるなのは、そのころの反動かなとか、おっさんは思っちゃうのよ。そんで楽にいられるなら、いいんじゃないって」

なあ、そう思わないかと言われて、健児はどう答えればいいのかよくわからなかった。

あまりにも自分とかけ離れすぎている環境に驚くばかりで、想像すら追いつかない。

というより、あのふわふわゆるい男のなかに、重たく濁ったものがあるなどと考えたくないのかもしれない。

（けど、なんか、違《ちが》くね？）

否定するわけではなく、なんだかそういう認識を持ち、そして同情するのは、いまの和以に失礼な気がした。だがそれを素直に口にだすのも業腹で、健児はうそぶく。

「つか、礼儀正しい和以ってのが、おれんなかでどうもしっくりこねえんすけど」

ひねた物言いの裏を読んだように、創十郎はにやりとした。

「おまえあいつのデリに顔だしたことねえだろ。猫かぶってっとすげえ王子スマイルだぞ」

「……王子っつー言いかたやめてください。個人的にきらいなんで」

礼儀正しい、笑顔のまぶしい王子。思わず綾川寛を思いだしてげんなりした健児の反応を不思議そうに見つめ、創十郎は「ま、そんなこんなでな」と話を戻した。

「さしもの和以もギブアップしたんだろうな。和佳奈さんに連絡してきたんだよ」

といって、姉を頼り、なにをしてほしいと言ったわけではなかったようだ。いまも不動産関連の業種についている和佳奈に対し「家がほしい」と和以は言ったという。

「家、って、当時は？」

「仕事まみれでほとんど帰ってる暇ないから、あいつは十代からホテル暮らしなんだよ。もちろん、実家もあることにはあったけど……」

わかるだろう、と創十郎はかぶりを振った。健児もまた、無言でうなずく。

娘の結婚式で酔いつぶれた、としか創十郎は語らなかった。おそらく、それ以上を口にすると、和以の両親について非難の言葉しかでないということなのだろう。

「あいつなあ、『ふつうに帰って、眠れる家ならなんでもいい』って言ったんだって。お金はあるから、好きに選んでくれって。それ聞いて、和佳奈さん、なんかやべえって思ったらしいんだ」

――おれもう、成人したよね？　好きなとこに住んでもさ、いいんだよね？

「思いつめた声で言っててさ。今度こそ助けてやらんと、って」

「今度こそ？」

「和以が小学校卒業するまえに、ほんとは連れてでたかったらしいんだよな。けど和佳奈さんは和佳奈さんで、ごたごたしててさあ……」

そこでなぜか、創十郎は気まずい顔をした。ざっと年齢を計算して、健児は「ああ」と冷ややかな目をしてみせる。

「……もしかしてそのごたごたって、おっさんの浮気騒動っすか」

「えーだって、和佳奈さん仕事仕事で忙しくてさ。そこに不安がってる女性が頼ってきちゃったらさあ、ぐらっとくるじゃない？」

くねくねと気色悪く身をよじってみせる創十郎に、眉間のしわが深くなった。

「しかもクライアントに手ぇだしたってか……」

「かわいかったんだよー、あのころのいずみちゃん。いまの衣千瑠そっくりで」

てへっとカワイコぶってみせる創十郎の頭をどついてやろうかと思って、健児はやめた。打ち所が悪くて、これ以上軽くなられても困る。

「とにかくそんなわけで、おれも罪悪感あってね。ほんとにしんどいならやめちまえ、つって。事務所側とも、まだ商品価値はあるだなんだともめたけど、まあそこはちょいと、児童の労働基準法違反あたりを思いきり、突っこみまくってな」

ひとまずそれで、和以ははなやかな世界と手を切った。無気力になっていた弟に家を与え、店を与え、経営の勉強をしろと専門学校にたたきこみ、スタッフを集め、あの《藪手毬》をオープンさせたのはすべて、和佳奈の手腕だったそうだ。

「顔以外取り柄がないなら、にこにこ笑って看板息子やってりゃ、客よせには使えるだろうって説得してさ。和以も、それもそっかって感じで納得してたよ」

「……納得するんすか」

「ていうか、『店』ってのがツボにはいったらしいんだよな。……動かないだろ?」

毎日同じ場所に帰り、同じ場所に働きにいく。それが和以には、ことのほか嬉しかったらしいと創十郎は言った。

「お飾り店長かもしれないけど、すごい幸せ、って言ってたんだよな。それで、ああほんとにこいつは、自分の城がほしかったんだなあ、よかったなあって思ったんだ」

目を細める創十郎に、彼も本気で和以を案じていることが知れた。破天荒でいいかげんではあるけれど、もともと創十郎は父親として愛情深い男だというのは、仁千佳や衣千瑠に接する態度を見ていればわかる。基本的に、子どもが好きなのだ。

おそらく、六歳の少女か少年かわからない和以と出会ったときから、彼のなかで和以もまた、庇護《ひご》すべき対象の子どもになり――それはいまも、変わらないのかもしれない。

「そんなわけでさ、どっかピントずれてるやつだけどさ、ま、飽きるまではやさしくしてやってくれよ」

「なんでおれが……って、そこ、大事にしてくれって言うとこじゃねえの？」

なんとも微妙なコメントに健児が顔をしかめていると「そこまで重いこたあ、頼めねえしなあ。言える立場でもねえし」といつもの調子で創十郎は言った。

「それにおまえ、彼氏じゃねえって自分で言ったろ。ならなおさら頼めねえじゃん」

つっこみに、健児は苦い顔になる。

たしかに、そこまで深く関わるつもりはなかった。本当に最初は、軽いつきあいのつもりでいたし、つい最近まで、和以のひととなりに興味もなかった。

けれど、どうにも抜き差しならないことになっている気がする。ついでに言えば、ほんの数日まえよりずっと、和以のことが気になりだしている。

（あんなめんどうくさそうなの、ごめんだっつうのに）

なにがどうしてこうなった、と健児は頭を抱え――そしてはたと、気づいた。

「おい、待て。いまの話はストーカー対策になんか関係あるんすか」

「……あんのかな？」

かわいらしく人差し指を頬に添え、こて、と首をかしげる創十郎に殺意が芽生えた。

「おっさん‼　たいがいにしてくれよ、おれはコトの解決にあたり、ヒントを求めてだな！」

「えーだって、和以の過去について聞きたいって言うからおれは語ったんであって」

「そりゃ、和以の半生語ってくれとかって意味じゃねえよ、モデル時代のやばそうな事件とか、そういうのをだな……！」

創十郎の襟首をつかんで揺さぶっていると、唐突に電算室の扉が開いた。経理の江別がこもっていたらしく「うるさいですよ」といつもの飄々ぶりで顔をだす。

「あ……すんません」

なんとなく江別が苦手な健児は反射的に詫《わ》びる。すると、ひょろ長い彼はふらりと部屋からでてくるなり、健児の手にマイクロSDカードを落とす。

「あの、なんすかこれ」

「和以さんがモデル時代に被害に遭っていたストーカーのリストです。当時の事件記録とか、まとめてますから」

なんでそんなものをと健児が目を瞠れば、江別は「ふふふ」と微笑んだ。

「ぼく、『K』のファンでしたので。ディープなファンは多かったんですよ。いまも地下サイトでは、当時の記録がしっかり残ってますから」

「……地下サイト？」

「健児くん、それときょうのホテルの支払いについては、本来きみのミスなので経費から落ちないところですが、和以さんに免じて許してあげますので」

「や、あの江別さん、地下サイトっていったい」

「ちなみにそのSDのなかにあるストーカー、いまも塀のなかにいるのばかりだから、今回の件とは無関係だと思いますけどね～」

ふふふふ、と笑いながら、江別はまた巣穴に戻っていった。残された健児は手のなかのものと電算室の扉を見比べたのち、くるりと創十郎を振り返る。

「……あのひとがストーカーってことないっすよね」

「むかしそうだったんだけど、拾ってうちに雇ったよ。おとなしく記録つけてるだけの、害のないタイプだし」

「やばくないんすか!?」

「和以信奉者は、和以に害をなすようなのは許さないからなあ。むろん抜け駆け禁止。むしろ危ないのおまえかも？」

創十郎の答えに顎がはずれそうになりながら、健児はマイクロSDカードが急に重たくなったような気がした。

「ちなみにその、害のある……つか、このなかに記録されてそうなやつって、なにしようとしたんすか」

「えーとなあ、硫酸と、ナイフと、リストカット動画送ってきたのと、白ジャムの四パターンはあったの覚えてるけど。どれも対象変えちゃあ犯罪行為繰り返してる、病んでるやつばっかりだから、みんな収監されてるよ。病院とか刑務所とか」

心が折れそうだ。完璧すぎるほどに異常な犯罪者ではないか。

テーブルに突っ伏した健児のつむじを見おろして、創十郎はさめたコーヒーをすすった。

「だから心あたり探すとか、推理ごっこはやるだけ無駄だって。盗聴器めっかりゃ、おのずとどっかから犯人でてくるし。そういうの探るのは、ああいう連中とかが、がんばるから」

ああいう、のところで創十郎は電算室を指した。頭脳戦についてはプロ並みのがいるのだと言われ、ますますきょうの自分がばかに思えてくる。

「だったらなんで、盗聴器のチェックおれにやらせたんすか」

「和以が、健児以外部屋にいれんのやだっつったし。説得して連れださないと、検査もできないなあって思ったし。まああれだ、デコイ？　この場合、和以連れだすための、だけど」

撒《ま》き餌《え》って言ってもいいかな。言われて頭のなかに浮かんだ図は、転々とまき散らされたエサをついばみにやってきた鳥が、仕掛けの檻《おり》にぱたんと閉じこめられるさまだ。

この場合エサは健児、間抜けな鳥は和以。そして檻の名前は創十郎の思惑だ。

ものすごく力の抜ける事実をいまになって打ちあけられ、健児は立ち直れなくなりそうだ。

「……おれはじゃあ、今後はなにするんすか」

「だから和以守っててってば。べったりひっついて、あいつの気がすむまで見張っててよ。たぶんそんなに危険はないと思うけど、一応は護衛つけないとだし」

いたってシンプルなお仕事でしょ、と創十郎は笑う。

「おれの身の危険については？」

「それは勝手にやって。だいじょぶ、健児くん強いじゃん、あっはっは」

さらりと無理難題を言うなこのクソオヤジ、という言葉を健児はごくりと呑みこんだ。

＊　＊　＊

健児のプライドはなかなかに粉砕されてしまったが、仕事は仕事だ。

ひとまず、共同生活を送りつつ彼の周辺に目を配るのも大事な役目だと心を立て直したのもつかの間。

「……おい、和以」

「なあに」

健児の狭い部屋をさらに狭くする居候は、本来であれば毎日たたんでしまうはずの布団に寝転がったまま、店から持ち帰ってきたノンオイルの野菜チップを食べていた。

その周囲には、脱いだままの服、雑誌と、野菜チップがはいっていた袋などが散乱し、ひとめ見ただけで汚い。

そして廊下——というのもおこがましい短い通路に、風呂場へ向かった際に脱いだとおぼしき衣類が転々と、部屋までの道のりを示すように落ちていて、同時に水滴も散っていた。

おそらく、脱ぎながら風呂場へ向かい、濡れた身体のまま部屋に戻ったのだと知らしめる物的証拠と、そのだらしなさに、血管が切れそうになる。

「なんって、たった半日でここまで家を散らかせるんだ、おまえは⁉　おれがちょっと事務所いって帰ってきて、どうして一瞬でこうなる⁉」

「半日は一瞬じゃないよ、健児くん」

「へりくつこねてんじゃねえよ……！」

青筋をたてて怒鳴ると「こわーい」と和以はわざとらしい上目遣いになる。

和以が健児の部屋で寝起きするようになって三日。うすうすわかってはいたけれど、常識が吹っ飛んでいる和以に、健児はめまいを起こしていた。

（予想よりはるかにきつい、これ……）

まず日常的なことがほとんどできない。デリの料理はすべて厨房の料理人が作っていたし、コーヒーなど飲み物のたぐいも同様。掃除洗濯もまたダメダメで、「いままでどうしてたんだ」

と問えば「定期的に仁千佳がやってくれてた」とけろり答えた。

「バイト代は払ってたし、それ以外も《アノニム》で年間契約してるよ。健児くんだって、一度きたでしょ、掃除」

「そりゃ、月に二度のハウスクリーニング請け負ってんのは知ってたけどよ……！」

よもやそれ以外は自分で掃除をしたことがないなど、想像もしていなかった。てっきり、忙しくて行き届かない部分のフォローかと思っていたし、部屋を訪れた際にも、ふつう程度には片づいていたからだ。

「脱いだ服は片づける、ゴミは捨てる。たったそんだけのこと、なんでできねえんだよ」

「お邪魔してるのに、勝手に動いたら悪いと思って。それにこの部屋狭いし」

じっさい、和以の部屋に比べて散らかりやすいのはたしかだ。

もともと健児が住んでいる2ＤＫのアパートは、キッチンスペースが三畳半、部屋は六畳と四畳のふたつ。和以の3ＬＤＫマンションの場合、各部屋は最低十二畳から二十畳あり、リビングダイニングにおいては、おそらくそれ以上の広さだろう。どれだけ散らかしたところで、ものが点在した雰囲気にこそなれど、健児の部屋のような不自由感はない。

（もとモデルの財力って、いったいどんだけなんだよ）

怠惰に寝そべる和以の、おそろしく長い脚をちらりと眺める。

モデルとひとくちに言っても千差万別、ピンからキリらしいが、和以はそのピンに属していたらしいことも、先日の創十郎の話でわかった。

しかし、いま目のまえに転がる男は、健児にとってただのじゃまな居候でしかない。

「いいか、広かろうが狭かろうが片づけはしろ。ひととして、しろ！」

ここしばらくで、すっかりなじんだ眉間のしわとこめかみの青筋。そのうちこれが消えなくなるのではないかと思いながら、健児は頭を抱えた。

「だって疲れるんだよ、一日立ちっぱなしだし、笑いっぱなしだし」

「社会人は皆そういうもんだろうがよっ。つうか、てめえこの二日は、定休日とシフトの関係で店休みだったじゃねえか！」

「やだ、ばれた？」

「一日じゅういっしょにいて、どうやってばれねえと思ってんだ」

頬をひきつらせながら健児はうめいた。文句を言いつつも、食事を作り、散らかし魔の和以の服を片づけ、掃除をし……時間があけばセックスの誘いを受けるが、そんな場合かと突っぱねる。その繰り返し。

共同生活、たった三日めにして、和以のあとを追いまわして小言を言うか、追いまわされてエロ攻撃をしてくる男を交わすかのどちらかで、すでに健児はグロッキーになっていた。

いまも、手にしているのは風呂場から部屋まで続いていた、脱ぎ散らかされた和以の衣類だ。そして和以は布団に転がったまま、動こうともしていない。

「おれ、こんな世話焼き体質じゃねえはずだぞ……」

「あはは、うそうそ。健児くんて基本おせっかいだよ、ほんとは
ばかにしているのかとにらめば「褒めたのになあ」と首をかしげる。

「おせっかいって言葉は褒めことばじゃねえだろうが」

「そう？　おれ、おせっかいされるの大好き。叱られるのも、健児くんならいいよ。だって
言ってることただしいから」

「そう思うなら、片・づけ・ろ！　なんでおれがてめえのパンツ拾わなきゃなんねんだよ！」

キレて、手にしていた衣服を脱いだ本人にぶつけてやった。しかし「きゃー」と声をあげた和以はそれをかき集めるでもなく、笑い転げている。

「パンツ脱がすのはいいくせに、拾うのはやだとかわがままー」

「おまっ……」

結果、布団まわりがよけい悲惨な散らかりようを見せただけだった。大げさでなく、本当にめまいがする。力の抜けた膝が床につき、健児はその場にしゃがみこんだ。

（なんなんだよ、これは……）

ボディガードどころか、家政婦……いや、もはやこれは子守かもしれない。いったいなにがどうしてこんなことになっているのだと、毎日自問するようなこんな精神状態で、どこまで自分が保つやらと、長ったらしいため息がでた。

「……とにかく、あしたからは店のほうでも護衛としてつくから」

まだ立ち直りきれず、くらくらする頭を手で押さえながらどうにかうめく。まだ仕事をしていなくとも、部屋に和以とこもりっきりでなくなるのがほっとする。すこしでも仕事をしている気分になれるし、もうすこし正気を保てるだろう。

そう思っていた健児は、にんまりとする和以の言葉に背筋を走る悪寒を感じた。

「はあい。あしたから、楽しみだね」

「楽しみって、なにがだよ」

布団に転がったまま笑う和以は、それ以上の具体的なことを答えようとはしない。ただぽつりと、こう言うだけだった。

「あしたが楽しみって、いいよね。しあわせって感じで」

そしてながいまつげをそよがせながら微笑む彼に、健児はなぜか、なにも言えなかった。

＊　＊　＊

翌日。

デリ＆カフェ《藪手毬《やぶてまり》》で働く和以《かずい》が、うわさどおりの王子様ぶりを発揮することに、健《けん》児《じ》は驚愕《きょうがく》すら覚えた。

「いらっしゃいませ、上田《うえだ》さま」

「こんにちはっ、芳野《よしの》さん！　きょうのおすすめは？」

店での接客態度は、家でのダメ人間ぶりを補ってあまりあった。制服は白いシャツにロングタブリエ。長めの前髪はピンで止め、清潔にまとめている。

「そうですね。本日ですと、季節野菜と若鶏のチーズ焼きはいかがでしょう？　どちらも新鮮な素材の味を生かしたもので、おいしいですよ」

「うーん、もっとさっぱりしたのは？」

「ではこちらの、アジのマリネと、フルーツあえの——」

ていねいに商品を説明する口調までもふだんとは違う。上品であでやかで、夜の怠惰な色気はなりをひそめ、女性客たちの熱いまなざしを一身に浴びまくる姿は優雅ですらある。

「いろいろな味をお試しください。お好みのものが見つかりますよう」

「は、はいっ」

にっこりと微笑《ほほえ》んだ和以のまえで、客はもう目がハートだ。

（猫かぶりまくりだな）

こっそり舌を巻きながら、健児は自分もまたこれから接客にあたることに気づいて、げんなりした。

——二十四時間態勢で護ってくれるなら、当然、店にもいないとねえ。

店にでるなり制服を差しだし、にっこり笑った和以は、バックヤードにいればいいだろうと主張した健児の言葉など意にも介さなかった。

——だってバイトにまぎれてもぐりこんでる可能性あるなら、同じバイトの立場になるのがいちばんじゃない？

お説ごもっともでもあるが、もともと愛想に関してはマイナスの自覚がある健児だ。「客が減っても知らねえぞ」とうなったが、「そのときはそのとき」とむしろ楽しそうに笑っていなされ、けっきょくあのモノトーンの衣服とタブリエを身につけた状態で、カウンター越しに微笑む和以の背後に立つ羽目になっていた。

（ひとの出入りを見るにはここがいちばんじゃ、あるけど）

健児はさりげなく、視線をめぐらせた。

店の造りは、以前和以から説明を受けたとおりだ。出入り口からバックヤードまでの動線はほぼ一直線。門番代わりの人間がいれば防ぎようもあろうけれど、混雑時にさらりと潜りこまれたら一発でアウトだろう。

防犯上はかなり難のある造りだが、集客やディスプレイの見栄えを考えれば、悪くない。

カウンターが高く、スペイン風バルをイメージしたデザインながら、清潔であかるい店がまえ。入り口脇《わき》には総菜のプレートが並び、店員に希望の品を告げて注文。持ち帰りはパッケージにつめてもらい、イートインの場合は注文後に席で待っていれば、皿に盛られたものを店員が運んでくるというシステムだ。

基本は持ち帰りのデリカテッセンだが、奥にイートインコーナーが大きくとられ、通りに面した部分にはオープンカフェも備えている。

カウンター背後の黒板メニューに記されているのは、アンチョビポテト、パスタサラダ、アンチョビ黒オリーブのピザ、野菜と白身魚のトマト煮、クスクス、シーフードマリネ、ゴルゴンゾーラのキッシュにソーセージ、ハムなど。

たっぷりと用意された品々のうち、たとえばポテトサラダとハムを使ってサンドイッチ、というミックスの注文も可能で、その『お好みサンドイッチ』は人気商品だ。

ちなみにそのメニューがあればいいと言いだしたのは、思いつきが毎度できとうな創《そう》十《じゅう》郎《ろう》だったと聞かされ、健児は「さもありなん」と思ったものだった。

さすがにいきなりの接客は無理と踏んだのか、おおむね健児のやる作業はスープサーバーで注文のスープをカップに注いだり、厨房《ちゅうぼう》から補充の食材を運んだり、というものばかりだったのだが、混みあってくれば客に声をかけられもする。

「すみません。こっちのトマト煮のトレイ、空なんですけど……」

女子大生かとおぼしき若い客に言われ、健児はオープンケースを覗《のぞ》きこんだ。言われたとおり、そこには汚れたトレイがあるだけだ。

基本はなくなる直前に補充するはずなのだが、連絡がうまくいってないらしい。ちらりと和以に視線を向ければ、厨房のほうを目配せしてくる。

（健児くん。そこのお願いね）

和以は接客で手一杯の状態で、客の側を向いたまま、目で指示をだしてきた。顔の向きはいっさい動かさず、笑顔も絶やさないままの彼にちいさくうなずく。

「申し訳ありません。いますぐに補充いたします」

「あ、は、はい」

女性客に軽く頭をさげた健児はバックヤードに足を踏み入れる。厨房担当の矢巻周司《やまきちかし》が「トマト煮、いまできました！」と声を張りあげ、大ぶりのホーローバットに満ちた総菜をアルミ台のうえに置く。受け取った健児に「次、キッシュあがりますから」と声をかけ、矢巻は大汗をかいたままオーブンへと向かう。

「矢巻さん、サラダのほうもやばそうですけど」

「わかりました、そっちもすぐ！　あ、それと笹塚《ささづか》さん、まかないは十三時にできますから」

汗だくの顔でおだやかに笑う彼に、健児も「楽しみっす」とあかるく返した。

矢巻はこの店を立ちあげるときからのスタッフで、和以の姉である和佳奈《わかな》が直々に引っ張ってきた料理人だ。誰に対しても敬語を使うが、じつのところ年齢は和以よりもうえ、健児にいたってはひとまわり近く年上になるが、料理と同じくていねいな態度を崩《くず》さない。

（このひとは信頼できる。けどこの忙しさじゃあ、ひとの出入りのチェックまでは無理だな）

厨房から廊下の奥へ続く通路を素早く見まわしたのち、健児はスイングドアを肩で開いて店内に戻った。

「失礼いたします」

カウンター脇のオープンケースまえで物色する女性らに軽く会釈して、空いていたバットと取り替えた。みっちりとトマト煮で満たされた容器は見た目にも重量がある。健児の膂《りょ》力《りょく》ならば片手で危なげなくそれを交換するのは可能だが、この日はいっている女性アルバイトや和以の場合、いささかむずかしい気がする。

（一応、直接できあがりを見せる演出でもあるんだろうけど、ちっと効率悪いな）

カウンター側からもケースの交換ができるタイプに変えられないものだろうか。狭い店内でぞろりと女性に囲まれた気まずさもあり、健児は無表情に作業をすませると、さっさととの立ち位置に戻る。

（なるほど、この状態じゃ、誰がきただのなんだのは、チェックしてる余裕もねえか）

さきほどの慌ただしさでは、バックヤードの人間に、不審者への注意を払えというのはまず不可能。むしろここにひとり、誰かを置くべきか。

考えこんでいた健児が気づくと、その横顔を和以がじっと見つめていた。

「……なんすか」

店長の顔を立てるため、ふだんはため口の和以相手に、店内では――かなりぐだぐだなが

ら一応は――丁寧語を話すことに決めてあった。健児の怪訝《けげん》そうな目つきに、和以はふっと微笑む。

「いや、なんでもない。それよりサラダのほう、もうそろそろやばそうだから」

「了解です」

和以もまた、よそゆきの顔と口調で、どうにもなにか芝居をしているような違和感がぬぐえないまま、健児は補充の作業にはいる。

「……ね、かっこいい」

「だよね、だよね」

バックヤードと店内をいったりきたりするたび、そんなささやきがちらほらと聞こえた。スタッフやアルバイト店員らも、ある程度ルックスで選んでいるのだろう。男女ともに美形が多いけれど、やはり集中して視線が飛んでくるのはこのカウンターだ。

つくづくと、和以はこの店のアイドルらしい。

(こんだけ注目されまくってりゃ、誰かが見てたってわかるわけもないか。しかし、思ったより作業多いし……和以のやつ、いいだけ使ってくれやがるし。どうしたもんかな、やっぱり仁千佳《にちか》もきてもらって、監視の目ぇ増やすか?)

他人事《ひとごと》のように考えていた健児は、カウンター脇でこちらをちらちらと見ては、ごにょごにょと言い合っている複数の女性客に気づいた。和以は精算客に捕まっている。ほかの店員も、あちらこちらを移動中だ。

「……なにかございますか？」

まえにでて問いかけたとたん、ぎくっと彼女らは身を縮めた。一瞬、しまったかと思う。長身すぎる健児は女性に怯《おび》えられることも多く、とくにこういう、おとなしそうな相手だと口をきくのもひるまれることが大半だ。

だからこそ接客は控えると言っていたのだ。だがお互いの肘《ひじ》でつつきあう、二十代から三十代くらいの女性三人組が「あの……」と口ごもりながら言ったことは、健児の想像とは違った。

「ごめんなさい、すごく素敵なんで、お店の写真撮ってもいいですか？」

「え、ああ」

まんなかのひとりが手にしているのは、画素数の高いカメラつきのタブレット端末だ。カウンターと健児を見比べながらの言葉に、和以か、と納得した。

「ちょっとお待ちいただけますか、店長に確認します」

はい、と嬉《うれ》しげに頬《ほお》を赤らめた客に会釈して、和以へと耳打ちする。

「写真撮りたいって言ってんすけど」

「個人用ならＯＫ。ただ、店員とかお客さんがはいっちゃってる写真は、ネットとかに勝手にあげないならいいよって言って。使うなら写真こっちに見せて許可とってくださいって。

でも店のなかだけ、とか料理だけならお好きにって」

「了解」

小声で素早く会話した内容をそのまま伝えると「あっ、もちろん勝手に公開しません、肖像権侵害とかも、しませんから！」と、なんだか知ったようなことを言われた。

「あと、あの、ちゃんとごはんも食べるので、あのわたし食べるの好きで、このお店ずっときてみたくて。それできてみたらすごいオシャレだし、それで写真は趣味で……って、なに言ってんだ。関係ないですよね、ごめんなさい」

しどろもどろになる彼女は、緊張しているのか真っ赤になっていた。健児はその様子に、なぜかちいさいころの弟、亮太《りょうた》の姿を思いだし、おかしくなる。

「では、写真を撮られたら、いろいろな味をお試しください」

和以の台詞《せりふ》の受け売りを口にしながら、健児はほんのわずかに笑った。とたん、目のまえの彼女らがぽかんとした顔になり、その後おおあわてでこくこくとうなずく。

「た、食べますめちゃ食べます。ありがとうございます」

「ごゆっくりどうぞ」

「ははは、はいっ」

わたわたとしながら、彼女らは写真を撮りにいった。逃げるようなその姿に、やはり接客は向いてないな、と健児はため息をつく。

「……健児くん、わっるいなあ」

「あ、すみません」

ぼそっとかけられた和以の声に詫《わ》びると、彼はきょとんとした顔になる。

「なんすか」

「それ、なんに対しての謝罪？」

「客、びびらしたんで」

和以はますます目を瞠《みは》り、そのあと「はあ」とため息をついた。いったいなんだ、と思った健児が眉《まゆ》をひそめると、彼はゆっくり苦笑する。

「たぶん、彼女たちびびってないし、緊張してるだけだし。謝ることはないよ」

ならばなぜ、悪いなどと言われたのか。今度は健児が目を瞠ると、和以にだけは言われたくないことを言われた。

「きみ、やっかいだなあ」

「はァ⁉」

「おっきい声ださなーい。お仕事ちゅーう」

ここだけは一瞬、いつもの和以の口調に戻って、すぐに彼は背を向ける。

なんのことやらわからず混乱する健児が、彼の言った意味を知るのは数日後のことだった。

＊　＊　＊

三日が経過して、《藪手毬》のイケメン店員が増えたといううわさがまわっているらしいという話が健児の耳にようやく届いた。

「なんだイケメン店員って」

「そりゃ、健児さんのことだと思うよ。ほかに新しい店員なんか増えてないじゃん」

けろりと言ってのけたのは、仁千佳だ。のほほんとした顔でオープンテラスの一角、入り口すぐ脇の席に陣取り、カフェオレを口に運んでいる。

その手元にはスクランブルエッグと野菜炒めの添えられたワッフルのプレート。

「たった三日で、お店の客足が増えてるんだってー。すごいね、健児さん」

「……おれはべつに、バイトしにきてるわけじゃねえんだがな。それに客のいりなんて流動的なもん、たまたまだろ」

「って、そこにいるお姉さまがたのまえで言える？」

ワッフルを口に運んでふふっと笑った仁千佳は、フォークのさきで群がっている女性客らを指した。ちらりと健児が視線を動かしたとたん、不自然なほどに全員が目をそらす。

「びびられてるだけじゃねえか」

毎度の反応だと健児がつぶやけば、「それ本気？」と仁千佳があきれたように言う。

「あのさ健児さんてモテるよね。なのになんでそう、無自覚なの？」

「モテるったって、おれに寄ってくる女も男も、あんなまともそうなのいねえし」

たとえば夜の街で、クラブで、肌もあらわな服をまとい、セックスへの直通コースを誘われる。そんな経験ならいくらでもあるし、《アノニム》の仕事で出会った玄人筋《くろうとすじ》の姐《ねえ》さんがたからの評判もいい。

だが、学生時代全般とおして、健全そうな少女らに近づかれたことなどろくにない。なにより高校時代、あの綾川寛《あやかわひろい》がいたため、学内じゅうの〝モテ〟については彼が一身に背負っているような状態で、アイドル相手にはしゃぐタイプの連中はすべてそちらについていた。

清潔そうでひなたのにおいがする——たとえば、そう、高校時代の來可《らいか》のようなタイプが自分と親しく接することなど、なかった。

だからこそあの義弟は、健児にとってめずらしい存在だったのだ。

けれど、誰よりもひなたが似合い、誰より健全でありながら、その強靱《きょうじん》さで他人との垣根を粉砕する仁千佳は、ますますあきれてみせる。

「それ健児さんが威嚇するからじゃん。みんな近寄りがたいんだよ」

「威嚇とかしてねえだろ、べつに」

「ほらそーやって、眉間《みけん》にしわ作るしにらむし。地顔って知ってるけど、ふつうに怖いよ？」

およそ怖がっているとは思えない顔で仁千佳は言った。健児は肩をすくめる。

「つか、やっぱびびられてんだろ」

「だーから、それは違うってば。ていうかね、健児さんみたくコワモテでなくてもイケメンて、おんなのこには——いや一部の男にも、怖い存在なの。だから愛想よくしないと敵作るんだよ」

「愛想よすぎても敵作ることはあんぞ。つうかおれもイケメンはきらいだ」

またあのミスターキャンパスを思いだし、健児は「けっ」と目元をゆがめた。仁千佳はやれやれとかぶりを振る。

「イケメンきらいって……同族きらってどうすんのさ」

「いっしょにすんな、あんな野郎と」

吐き捨てた健児に、仁千佳は「誰のこと言ってんのかわかんないってば」とため息をつく。

「ともかくね、それはおいといて。健児さん、ワイルド系で、いままで《藪手毬》にいなかったキャラだって評判だよ」

「おまえは、どこでそんなヨタ話を仕入れてくるんだよ」

「ネットの掲示板。この店、『食べナビ』にも載ってるからさ」

口コミ系の大手グルメサイトでは、利用者がそれぞれ掲載されている店のレビューを書いたり、点数をつけたりすることができる。その最新記事を、仁千佳はタブレット端末で開いてみせた。

「ほらほらここ。見てみて」

なんだか楽しげに言う仁千佳の手元を覗きこみ、健児は顔をしかめた。

――デリ&カフェ《藪手毬》についての評価……大満足★★★★★
メニューも豊富でサービスもよし。なかでもゴルゴンゾーラのキッシュは満点！
でも最近のイチオシは新しくはいられた店員さん、笹塚さんです。ぱっと見、ちょっと愛想はないけど丁寧な接客だし、なによりイケメン！　店長の芳野さんは王子様的な美形ですが、笹塚さんはワイルドで、ちょっと違った魅力満載です！

「……このコーナーは、食い物のレビューじゃねえのかよ」

大半が店員の顔のことばかりじゃないかと、健児は口元をひきつらせる。仁千佳はおもしろそうに、にんまりと笑った。

「口コミの評判だから味について書くとは限らないよ。接客の態度とかについてレビューするひともいるし」

「いや、こりゃ態度ですらねえだろ……」

げんなりした顔の健児に「モテてるくせにぜいたくだなあ」と仁千佳は苦笑する。

「おれに注目が集まってどうすんだよ。もともとストーカーの調査だっつうのに、まったく状況はつかめねえし」

いらだった健児が口にしたとおり、この数日、店のなかはとくに問題が起きていない。健児という新しい顔ぶれがはいったことで警戒されたのか、私物の紛失や入れ替えといったことも発生していないようだ。

「……で、和以の部屋のほうは？」

むろん仁千佳がここにきたのも、ただ食事をしにきたわけではない。連絡員として声音《こわね》をあらためた彼は、それでもしらっとした顔のまま物騒な話を口にした。

「一応、谷沢《たにざわ》さんの事務所に依頼して、きのうで調査は終わった。健児さんが見つけたの以外に、盗聴器がそれぞれの部屋からふたつ、リビングには隠しカメラもあったみたい」

「どのあたりにだ？」

「テレビモニタの台座部分。買ったとき、設置は業者に任せたらしいんだよね。そこから洗っていかないとだめかもしんないなあって、父さん……所長が言っててさ」

ふう、と仁千佳はため息をつく。気鬱《きうつ》そうな表情に「どうした」と問えば、ちいさくうなった。和以ほど派手な美形ではないが、やはり血がつながっているせいか、仁千佳もはっとするほど整った顔をしている。

「いま、健児さんちにいるんだよね。和以くん、ちゃんと寝てる？」

「え、ああ。おれの布団占領して、ぐっすり」

どこか憂いを帯びた問いかけにいぶかりつつ、健児はうなずいた。とたん、仁千佳は目を瞠る。

「ほんとに？　ていうかいっしょに寝てるの？」

「ばか言え。おれはクソ狭い四畳のほうに寝てる」

家主が追いやられるとはどういうことだと思うが、さすがにクライアントを無下にはできず、健児は布団を譲ったのだ。

「え……じゃあ、なにもしないで寝てるの？」

「なにもって、おまえな」

自分との関係を、和以は〝秘密の逢《あ》い引き〟だなどと楽しげに言っていたが、まったく隠せていなかったらしい。それとも、創十郎になにか聞いたのだろうか。さすがに健児は眉を寄せるが、仁千佳は「なにもしてないのか……」と口のなかでぶつぶつと言っている。

「ねえ、それでほんとに、和以くん、ちゃんと眠ってるんだよね？」

「えらくしつこいな。このあいだなんか、軽くいびきかいてたぜ。本人、認めねえけど」

熟睡しているのは間違いない、とうなずけば、意外そうに目をまるくしていた仁千佳はほっとしたように息をついた。

「よかった。それだけ心配だったんだ。和以くん、寝場所変わると眠れないから」

「……あー、ホテルはいやだって話か？」

先日ひどくいやがっていたことを思いだして健児が問うと、仁千佳はかぶりを振る。

「ホテルだけじゃなくて、自分の家以外だと、軽く不眠はいっちゃうんだよ。うちに泊まりにきててもそう。ていうか基本、他人……家族がどうとかじゃなく、自分以外に誰かがいると眠れないみたいで」

言葉を切り、和以は言いよどんだ。

「だからその、どうでも眠りたいとき、夜の運動して疲れるようにしてるとか、言ってて」

ちらりと上目遣いに見られ、健児はげんなりした。話の出所はけっきょく、和以本人だったらしい。なにが秘密の逢い引きだと、肩が落ちた。

「甥《おい》になに言ってんだよ、あいつは」

「えーっとね、おれ気にしてないよ? 和以くん、最近はわりと落ち着いてるけど、むかしはなかなか派手に遊んでたからさあ。相手絞ってくれてほっとしてるって言うか」

「仁千佳、それフォローになってねえ。……いや、とにかく、そういうことはしてねえよ」

おれの家では、と健児がつけくわえると、仁千佳はなぜだか嬉しそうな顔をした。

「よかった。健児さんなら安心だと思ってたんだ」

「あのな、おまえの親父《おやじ》といい、おれと和以のことは――」

健児が言いかけた言葉をとどめるように、仁千佳は、年齢に見あわない聡明な目でじっと見つめてきた。静かな迫力に、健児は口を閉ざす。

「うん、口だす気はないし、なんにも責任とか感じなくていいからさ。ただ、やさしくだけしてあげてよ、あんなひとだけど」

お願い、と手をあわせられ、おまえもか、と健児はぼやいた。

「それ、創十郎のおっさんにも言われたわ」

「あはは。一家揃《そろ》って和以くんに過保護でごめん。でもあのひと、なんか心配でさ」

照れたように頭を掻《か》いた仁千佳は、まだ子どもと言われてもおかしくない年齢であるというのに、落ち着いた、大人《おとな》びた目で笑う。

おそらく、和以に関してのめんどうな事情――金や、あるいは性的な部分にまつわる部分までも、仁千佳は知っているのだろう。そのうえで、ただ無邪気な甥の顔をして和以に接している。つくづくできた性格だと健児は感心し、また同時に複雑になった。

（ほんとに、似てるけど似てねえなあ）

容姿や体格などは來可を思いださせる。けれど性質は真反対と言っていい。

繊細できまじめだった來可に比べ、仁千佳は柔軟に強く、かなりしたたかだ。きゃしゃな体軀《たいく》だが、おそらく両親、創十郎と和佳奈の人間としてのタフさをそのまま受け継いでいる。なによりの來可との違いは、仁千佳は愛されていることを、ちゃんと知っていることだ。

破天荒な創十郎も和佳奈も、彼らなりにあたたかく厳しく仁千佳を慈しんでいるのは見ていてもわかる。だからこそ、腹違いのきょうだいたち、そして難物でもある和以を、仁千佳自身はすんなり受けいれているのだろう。

奇妙な家族構成に、ひとくせもふたくせもあるおとなたち。それでもこれが自分の〝ふつう〟であり、大事な家族なのだと、胸を張って言える彼は、芯《しん》がぶれない。だから強い。

「……仁千佳はいいやつだな」

「おう？　健児さんにまともに褒められると、なんか怖い」

「どういう意味だ、あほ」

手にしていたメニューで頭をたたいた健児に「痛いよ！」とおおげさにわめく、仁千佳の健全さがひどく得難いものである気がした。

ことに、偏執的なストーカー、それもおそらく複数人につけまわされている暫定同居人がいるいまは、あっけらかんとした仁千佳にひどく救われた気分になる。

「ともかく、自宅のチェックは一応終わった。ただちょっと、調査中に変なやつがうろうろしてたみたいで」

「変なって、どんな？」

「和以くんのマンションのまえ、サングラスかけた、瘦《や》せ型の背の高い男がいったりきたりしてた、としか。業者が盗聴器チェック終えたあと、声かけようとしたら逃げたらしいから」

和以のマンションで盗聴器チェックにあたったのは、谷沢調査事務所の所員と、創十郎だった。しかし創十郎はそのときまだ室内の最終確認中で、逃げた男の顔は見ていないそうだ。

「所長が見てたら、なんか心当たりに気づいたかもな」

「うん、でも確証はないし。ただの勘違いならいいけど、戻るなら気をつけておいて」

「了解。店のほうも引き続き見ておく。そっちも協力よろしく」

ラジャ、と敬礼する仁千佳に手を振り、健児は店内に戻った。カウンターにはいると、和以が小声で「ちょっと」と顎《あご》をしゃくる。店内を見まわすと、ちょうど客は切れている。うなずいた健児を伴い、和以はスイングドアの奥へはいるなり、問いかけてきた。

「仁千佳、なんだって？」

「とりあえず、盗聴器だとかのチェックはひととおり終了。けど、家の周辺に変な男がうろついてるのが目撃されたらしい」

まだストーカーと確定したわけではないが、用心に越したことはない。そう告げつつ、健児は和以に問いかけた。

「で、あんたはどうしたい？　ホテルはいやだろう」

「え、おれ？　どうって、戻ってもいいってこと？」

健児はうなずいた。

「正直、ここしばらくいっしょに通勤してるだろ。しつこく張ってるやつなら、あんたがおれの部屋にいることくらいすぐにつきとめる。そうなったら、あんなボロアパートじゃ、どうにもできねえし」

あくまで盗聴器チェックのための緊急避難だ。無事に撤去が完了したなら、セキュリティがしっかりしたマンションのほうがいいに決まっている。

ん、と考えこんだ和以は、ちいさくうなずいて言った。

「じゃあ、戻る。で……健児くんは、泊まってってくれるの？」

状況次第だと言いかけて、そういえば二十四時間態勢の警護をするのだったと思い直す。ため息をついて、健児は「泊まらなきゃ仕事にならねえだろ」とぶっきらぼうに言った。

いつもの調子で、わあいお泊まり、などとのんきに言うかと思いきや、和以はちいさく微笑む。

「ありがとう、嬉しい」

「……仕事だっつの」

「うん、それでも嬉しい。やっぱいま、ひとりは、怖いし」

ふふ、と微笑んだ表情は、どこかほっとしているようにも見えた。平然としてみせているが、彼なりに不安だったのかもしれないと、いまさら気づく。

「なあ」

「うん？」

「なんで今回、事務所に依頼したんだ？　いままでも山ほどストーカーとかいたし、プレゼントだってあったんだろ。どうして気になった？」

それこそいまさらの問いかけをすると、和以は目をしばたたかせる。やわらかい唇に曲げた指を押し当て、「あれ」とちいさくつぶやいた。

「なんでかな。わかんないけど……あのときはなんか、言わないとだめな気がした」

本気で困惑しているふうな和以の答えは、あいまいもいいところだった。

「わかった。なんとなくいやだったんなら、もうちょっと警戒しとく」

ため息まじりに答えた健児に「え……」と和以が目を瞠る。意外なのは理解できた。以前の健児であれば、なんだそれはと怒鳴っていたかもしれない。

「あんた、この間の安ホテルで、なんかヤダ、つっただろ。で、盗撮カメラ見つかった」

「あ、うん」

「家のなかにあるカメラには気づかなかったし平気でも、あれはいやだったから気づいたわけだろ」

うん、と和以はふたたびうなずく。健児は首筋に手を当てて軽くこきりと鳴らし、「おれもうまく言えねえけど」と考えをまとめられないまま口を開く。

「よくわからんけど、たぶんそれはあんたにとって、害になるかどうかの基準なんじゃねえのか。ただ芳野和以を〝好きで、見てるだけ〟のストークなら問題はない。けどあのホテルでの盗撮カメラで撮られたもんは、十中八九裏に流れるだろ」

ネットや裏ビデオででまわることの多い盗撮ものには、ホテルで撮られたものも少なくない。窃視症のマニアが喜ぶ、他人の秘めごとを見たい、暴きたいというその薄暗くゆがんだ快楽は、誰のこころにもわずかに潜んでいる。

それは、偏執狂《モノマニア》的なコレクター気質のファンたちが見せる、ある種の愛情とは、まるで違うものだ。

（江別さんの例もあるしな）

和以の〝ファン〟はおそらく、彼の秘めた姿を見たいと思いはしても、それをばらまいて喜ぶようなタチの悪さはない。自分だけのコレクションとして愛《め》でていたいし、それこそ創十郎が言うように、抜け駆け禁止ならば、直接のアクションを起こしてくることもない。

「あんたのことをただ好きな、そういう連中に見られてるぶんには、あんたは平気なんだ。気づきもしないで生活できる。けど今回なにかが引っかかったんなら、そのなかに〝異物〟が紛れてるってことは、事実だろ」

こんなカン頼みのようなことを自分が言うのも驚きだったが、それ以上に驚いた顔をする和以に、健児は「だから、なんなんだ」と顔をしかめた。

「言うとおりにしてやってんだろ、なんか不満か」

「えと……ううん。ない。……うん、不満とかない。ありがとう」

どうしてか、和以はうっすら頬を紅潮させている。意味のわからないやつだと思っていると、店のほうから「店長！」と呼ぶ声がかかった。

「あ、いまいきます！」

はっと顔をあげ、よそゆきの顔になった和以が微笑む。だがすぐに健児のほうへと向き直り、突然抱きついてきたかと思うと、一瞬ふれるだけのキスをされた。

「ば、おいっ！」

あわてて薄い肩をつかんで引きはがすけれど、至近距離の笑顔に言葉が封じられる。

「ありがとう。わかってくれて嬉しい」

「お……」

ながいまつげの奥、目がかすかに潤《うる》んでいる気がした。それをたしかめるよりはやく、するりとすり抜けていった和以になにか言おうとして、けっきょく言葉は見つからなかった。

正直、仕事とプライベートの境目がぐだぐだになっている感はある。創十郎にしろ仁千佳にしろ、まるで今回のストーカーより健児と和以の関係のほうが大事だと言いたげで、そんなふうに責任を伴うつきあいなど、する気もなかった。

むろん、生活と仕事の圏内にいる相手に、手をだした自分がそもそもは悪いのだが、なにか周囲からどんどん詰め寄られているようで、おそろしい。その果てにどこへ流されていくのかなど考えたくもないし、流される気も、ない。

「だからって、店んなかで妙なことすんなって……」

当人に言いそびれた言葉は宙を浮き、健児はがりがりと頭を掻いた。

＊　＊　＊

第一の異変は、その日の夜に起きた。

閉店後、和以は健児のバイクで帰宅する。いままでは健児の住まいにと向かっていたが、この夜からは和以のマンションに戻ることになっていた。

「着替えとか、いっぺん取りに戻らなくていい？」

「あしたの昼間にでも、店抜けてとりにいってくる。あんまうろつかねえほうがいいだろ」

この日は客が引きもきらず、すっかり戦力となっている健児が抜け出す隙《すき》はなかった。あすはアルバイトが増員されるので、すこしは時間がとれるはずだ。

「わかった、じゃあこのまま……あ」

「どうした？」

店の裏手にある駐車場で、健児がバイクにまたがったとたん、タンデムシートに腰かけた和以が焦ったようにぱたぱたとポケットをたたいた。

「しまった、このところ健児くんちにいるから、マンションの鍵《かぎ》、店の金庫にいれっぱなし」

「おい……」

「とってくるから、待ってて。すぐだし」

ごめん、と拝んだ和以についていこうとする健児を「すぐそこだってば」と笑う。

「健児くん、過保護すぎない？」

「あほか！　仕事だっつう――」

「だから平気だってば。すぐ戻るよ」

怒鳴ろうとした健児をからかい、和以は駆けていく。たしかに同じ敷地内で、建物の角を曲がるだけ、数メートルもない距離だ。

過保護と言われ、憮然《ぶぜん》としたまま健児はハンドルに上半身を預ける。

（いくらなんでも、心配しすぎか）

じっさいに、ここしばらくへばりついていてもろくに動きはない状態だ。このまま杞憂《きゆう》で終わればなによりだが、大量の盗聴器についての謎《なぞ》も残っている。

（そのへんは、江別さんらがどうにかするのかもしれんけど……）

自宅周辺をうろついていたという男の件もある。だがそれらとはまったく別の次元で、健児のなかにずっと、しこりのように引っかかっているものがある。

まだ自分でも判然としないこの違和感はなんなのか――しばし考えこんでいた健児は、ふと我に返った。

「……遅くねえか？」

角を曲がって、鍵を開けて、金庫の中身を確認して、戻る。たったそれだけにしては時間がかかりすぎている。

そして、まさか、と思ったその瞬間、和以が向かった方向からちいさく悲鳴があがった。

「……あほか、おれは！」

叫んで、またがっていたバイクから飛び降り、声のほうへと駆けだした。角を曲がり、そこで見かけた光景は、健児のアドレナリンを増幅させるに充分なものだった。

「ちょ、なに、離してっ」

「やっと会えた……！」

もがく和以が見知らぬ男に抱きつかれている。状況を認識したとたん、全身の毛穴がぶわっと開くような感覚があった。

「なにやってんだっ！」

健児が叫ぶと、相手ははっとしたように和以をはがいじめにしようとした。もがいた和以は、すらりとしているがけっして小柄ではない。それをやすやすと押さえこむ男は、かなりの――おそらく健児と同程度か、それ以上の長身だった。

「な、なんだよおまえ、くるなよっ！」

「あ？　なんだはこっちの台詞だっつうの」

和以を片手に抱えた男が、闇雲《やみくも》に腕を振りまわす。さほどけんか慣れしているタイプではないらしいと踏んだものの、人質を取られた状態ではこちらも動きづらい。

（くそが。なんだこの筋肉ばかはっ）

相手に向かって胸の内で毒づくけれど、実際に腹をたてているのはほんの一瞬目を離した隙に襲われている和以に、そして油断した自分自身に対してだ。

「とにかく和以から手ぇ離せ。いやがってんだろ！」

「い、いやだ。おまえ、このひとになにする気なんだ」

「……はあ？」

どの口で言っている、と健児は唇をゆがめる。よく見ると、男の腕はぶるぶると震え、和以の身体を必死に自分で隠そうとしているかのようだった。

「いや、この場合どう見ても、あんたが暴漢じゃねえのか」

「おれ⁉　おれのどこがだ！」

ぜんぶだろ。健児はすがめた目で相手を見るなり、もう言葉は通じないと判断して、声を張り上げる。

「和以、悪い。間違えて殴ったら許せ」

「ちょっと健児くん⁉」

ぎょっとしたように和以が声を裏返す。健児は腰を落として頭を下げ、低い体勢で彼らへと走りだす。「それはないだろ！」と叫ぶ和以の声と、勘違い男の声が重なった。

「和以さんになにをする！」

「なんもしねえよ」

頭から突っこんでいった健児へ、案の定男はかばうように和以へと向き直る。ナイト気取りの男がうしろを向いた瞬間、健児は「あほ！」とひとこと言って思いきり、尻《しり》を蹴《け》った。

「わあっ！」

情けない悲鳴をあげ、まんまとよろめいた男の腕から飛びすさって逃げた和以が、地面にへたりこんだ男を覗きこむ。

「……殺しちゃった？」

「わけあるか。ケツ蹴っただけだ、たいしてきつくねえようにしたっつの」

軽く息を整えて、健児は地面にうずくまる相手を覗きこむ。

「おい、聞こえっか。ストーカー野郎」

脅しつけるように言うと、身を起こす様子のない相手の口から「ひい……」という情けない声があがった。

「なん……なんで……なにするんですか……なんで蹴るんですか……っ」

「……あれ？」

反撃してくるどころか、しくしくと泣きじゃくっている。これは予想外にへたれか、と驚いていたところ、彼は洟《はな》をすすりながら言った。

「店長……なんなんですかこいつ……なんでおれたちのじゃまするんですか……っ」

「えっと、おれたちっていうか、あなた、誰？」

「え……？」

健児に蹴られたときよりも、彼はいっそう悲愴な顔になった。健児はいささか気の毒になり、思わず目をそらす。

「じょ、冗談ですよね？　そんな意地悪言わないでください」

「いや冗談とかじゃないんだけど」

「う、嘘《うそ》だ、そんな……お、思いだしてくださいよ！　ね、ほら、おれですよ!?」

唇を震わせ、愕然《がくぜん》とする男をまえに、和以はかなり本気で考えこんだ。あげくの果てに、自信なさげに首をすくめて問いかける。

「あの、もしかして……ちょっとまえにナンパしてきたひと？」

地面にへたりこんだままの男は、いっそ悲痛な声で叫ぶ。

「違う、おれ三カ月まえまで、毎日会ってたじゃないですか！」

すがるような目に涙を浮かべて訴えてくる相手を、和以は「ごめん、覚えてない」のひとことで撃沈させる。そのあげく、くるりと健児を振り返って問いかけるのだ。

「ねえ健児くん、このひと誰かなあ」

「……おれが知るわきゃ、ねえだろ」

そのやりとりを耳にした男は、ついにこらえきれずに、声をあげて泣きだしてしまった。

それから数分後、泣きじゃくった男をなだめすかして話を聞き、食い違うばかりだった話をまとめると、彼は《藪手毬》に出入りしていた配送業者だった。

にこやかに接する和以に惚《ほ》れたけれど、担当区域が変わって会えなくなり、ようやく仕事の合間を縫って、会いにきたのだと言う。

「せ、せっかく時間がとれたのに……おれはここにくるのも本当に大変で……新しいシフトはきついし、いやな客ばっかりにあたって、和以さんに会えるのだけが楽しみで……」

大きな身体をまるめ、ぐずぐずと洟をすする男の姿はみじめだったが、思いこみが激しいにもほどがあると健児は脱力していた。

「んなこと言ったって、和以には知らねえ話だろ」

あきれた健児の声も聞こえないのか、男は必死になって訴えた。

「知らないことないですよ！　だって毎日、お店にいくと、名前呼んでくれましたよね？おれの名前、知っててくれてますよね!?」

「いや、制服に名札ついてたんで、それ見てたんですけど」

血走った目で訴えてはくるけれども、和以の困惑顔に男の気勢はそがれていく。

「担当はずれるって言ったら、ぜひきてくれって言ったじゃないですか」

「そっか……ごめんね？　そこまで深く考えて言ったわけじゃなかったんだけど」

軽く両手をあわせた和以は、いつもの調子で言いはなった。商売上手というか、残酷というか、そのうえこんなことまでつけくわえる。

「お客さんになってくれれば、いつでも歓迎しますから。えーっと……なにさんだっけ」

「……田野口《たのぐち》です」

「そうそう、タグチさん。今後ともごひいきに」

にっこりと微笑んだ和以が、本当に自分の名前を覚えていない――どころか名乗ったばかりのそれすら間違えているありさまに、田野口は完全に打ちのめされたようだった。


念のため盗聴器の件なども問いただしてはみたが、田野口はまるで知らないと言った。嘘ではないだろう。もし彼がそこまで和以の行動を見張っていたのであれば、いま現在、健児が護衛についていている状況も把握していたはずだ。

「あいつ、ストーカーってわけじゃなかったみてえだな」

「うん、まあ、ある意味つけまわしてたっていうか、探されてはいたみたいだけど、単純に真っ向勝負しにきた感じだし」

違ったねえ、とのんきな和以に脱力しする。完全に忘れ去られていたことに、ただただしょげかえって去っていく田野口を見送りながら、健児は無駄に疲れた、と首を鳴らした。

（にしても、こりゃほんとにただの、アクシデントってことか）

なにより、仁千佳が言っていたマンションをうろついていた男――痩せ型という特徴と、縦にも大きいが筋骨隆々として幅のある田野口との人相は一致しない。

「要するに、アイツ以外のやつがいるってことだよな」

「そうなるねえ」

苦い顔をする健児と裏腹に、和以はなぜか笑っている。「なにがおかしい」とにらみつけたところ、返ってきた言葉には膝《ひざ》が砕けそうになった。

「や、ほんとに健児くん、おれのこと護ってくれるんだなあって」

「……は？」

「間違えて殴ったら、とか言ってたけど、ちゃんとよけてくれたしさ。かっこよかったね」

ちょっとどきどきした、などと楽しげに言う和以に対し、もうなにを言えばいいのかわからない。夜空を見あげ、何度か口を開閉した健児は、星に祈った。

誰かこいつに、一般的な感性を、教えこんでくれないか。

「胃がいてえ……」

「え、どうしたの。食べすぎ？　矢巻くんのまかない、おいしいから」

「そこじゃねえ、そこじゃねえよ……」

よろよろと歩きだす健児のうしろについて歩きながら、和以は「変な健児くん」とうたうような声でつぶやく。

変なのはおまえだと言い返す気力もないまま、健児は無言で愛車のもとへと歩み寄った。

＊　＊　＊

危機感のないクライアントに、次から次へとあらわれるトラブルの種。ただでさえ頭痛がしそうなほどの状況だというのに、健児の周囲は日を追って、やかましさを増していた。

――あ、ねえあれあれ。

――いた！　まじだ本物！　写真よりいいじゃん。

――モデルとかやってんだって？

――あたし見た、先月号のメンズ雑誌で！

隠す気もないギャルたちの大声でのうわさ話に、仁千佳が笑いをこらえきれない顔で言う。

「……なんかめちゃくちゃ、てきとう言われてんね」

「いつどこでおれが雑誌に登場したってんだよ」

「ネットで、コラージュでもされちゃってんじゃないかなあ」

この日もまた、連絡係として和以の店を訪れていた仁千佳が教えてくれたことによると、

『食べナビ』の記事を皮切りに、《藪手毬》の新人イケメン――それが自分のことだというのは、やはり認識したくない――が妙な評判になったのだそうだ。

「けっこう出まわっちゃってるんだよ、健児さんの写真。たぶん隠し撮り系だけど」

あげく、一部のブログには勝手に顔写真が載せられた。先日あらわれた三人組が「わたしたちじゃないんで」と必死に訴えてくる場面もあり、それは信じたけれど、一度でまわってしまった写真は転載に転載を繰り返され、もはや手に負える状態ではなくなっていた。

「どうする健児さん。ネットの画像、削除依頼とかだす？」

「そこまでのもんでもねえだろ。ほっときゃいい」

ため息をついた健児は、首に手をあてこきりと鳴らす。視線のうっとうしさに肩が凝ってどうしようもない。よくも和以は、毎日こんな重たいものを受けて平気でいられるものだ。

そうぼやくと「だって人種違うもん」と仁千佳が苦笑した。

「和以くんのファンってわりと静かに『見つめていられれば幸せ』系が多いんだけどさあ」

「おれのはどう違うって――」

「ねえちょっと！」

会話をたたききるように、甲高い声がかけられた。隠しようもなく顔をゆがめた健児に、仁千佳は「ああいう系？」と肩をすくめる。

「この間までは、比較的おとなしくみてるだけだったのにね」

げにおそろしきは集団心理だ。ひとりが騒ぎはじめれば、我も我もと乗りはじめる。日を追うごとに健児へ声をかける人間は増え、すっかりもてあまし気味だ。

「なんだってんだよ、べつに愛想撒《ま》いた覚えもねえぞ」

「そっけなさが素敵、はあと、ってネットで見たよ。がんばってきて」

無責任な仁千佳のにやにや顔。彼に罪はないとわかってはいてもやり場がない。ちいさな頭に軽くげんこつをくれた健児は、大きくため息をつき、呼ばれたほうへと近づいていく。

「ご注文でしょうか」

目元の化粧が濃いせいで、年齢不詳になっているギャルたちが、グロスで光る唇を思わせぶりに舐《な》めた。あからさまな肉食ぶりに軽く引いていると、その口から飛びでた言葉はさらに健児を萎《な》えさせるものだった。

「あんた笹塚健児だよね?」

「そうだけど、なんで呼び捨て」

無礼な客には無礼に返すしかないとこの数日で思い知った健児は、もはや愛想笑いを浮かべることすらせず、仏頂面のまま言葉を返した。それで機嫌を悪くするどころか、相手は「やっばい、いけてんじゃん」とはしゃぐ始末だ。

「ねねね、アド教えてよ。今度デートしよ」

「ボーイズバーじゃないんで、そういうサービスはないっす」

「合コンとかどうなの？　ねえ」

　立ち去ろうとしたところで、うしろから腕をつかまれる。舌打ちしそうなのをこらえて、健児が「あのなあ」と言いかけたとたん、肩に細い手がかけられた。

　誰だ、と健児が怒鳴るより早く、にこやかに割ってはいってきたのは、和以だった。

「ごめんなさい。彼、本命いるから。そういうお誘いは勘弁してあげてくれます？　あとお店では静かに、ね」

「え、あ……は、はい」

　拝んでみせる和以の優雅な微笑みに、図々《ずうずう》しかったギャルの顔が赤らむ。その態度の違いはなんだと思いつつも、健児は横目で和以をにらんだ。

（本命ってなんだよ、自分とでも言うつもりか）

　いったいこんな場所でなにを言いだす気だと思っていれば、「彼、見かけによらず、一途なんだよねえ」と和以は笑った。

「兄弟みたいに育ってきた初恋の子、もう彼氏いるのに、ずっと思ってるんだって。純愛でしょ？」

「……あんた、なに」

　ほのめかされたのは、來可のことだった。かすかにたじろぐ健児をよそに、和以は内面の読めない笑みを浮かべたまま。目のまえのギャルたちもその笑顔になにを感じたのか、「え、そーなんだ」「じゃあだめか」と、なんともあっさり引いていく。

「ところでもうご注文なさいましたか？　本日のおすすめメニューはいかがでしょう？」

「えっあっ、イタダキマス」

「これうまそうじゃん！」

和以がボードメニューを指さして微笑むと、彼女らはだらしなく肘をついていた姿勢までも正し、きゃっきゃと言いながら料理の吟味にはいった。なんとなく肩すかしを味わった気分になり、健児がぽかんとしていると、「いまのうち」とささやいた彼に腕を引かれてバックヤードに戻った。

スイングドアのうちがわにはいるなり、和以は小言を口にした。

「あのね健児くん、めんどうなのはわかるけどさ、ろこつにいやな顔したり、怒ってみせたらだめだよ。あの手の子たちははしゃぎたいだけだから、反応したらしただけ食いつく」

「あー、はい。すんません」

言われたことはごもっともだったので、そこは素直に詫びる。和以は「しょうがないけどね」と苦笑した。

「顔で騒がれるのって、案外気力いるからね。もうちょっと慣れれば受け流せるようになる」

「いや、慣れるまでいるつもりはねえけど」

奥歯にものが挟まったような健児の様子がおかしかったのか、和以は「どしたの」と目をまるくし、そのあと勝手に納得した。

「あ、さっきの言いかたなら、ゲイだとかなんとか言われないと思うよ？　いまどき偏見もないだろうけど、ああいう子は悪意的に話ねじまげるし、あんくらいきらきらした話のほうがいいでしょ」

「いや、まあ、そうなんだけど」

「純愛は事実だしねえ」

場がおさめられてよかった、とうなずきながら「もうしばらくここにいていいから」と和以は言った。

「あの子たちがお店ひけたら戻って。ついでに休憩とっていいから。お昼まだだよね、矢巻くんに言って、まかないだしてもらって」

「……うす」

にこっと微笑んだ和以は、店長の顔のまま店へと戻っていった。どうしてかその背中を見送りながら、健児は顔をしかめてしまう。

「だからべつに、純愛とか初恋とか、そんなんじゃねえって……」

本人に言いそびれた言葉が口をつき、なぜこれを和以に言わねばならないのか、と思うと同時に、みじんも気にした様子のない和以に、妙にもやもやする。

そしてもやもやする自分もまた、解《げ》せない。ただの、身体《からだ》だけのつきあいで、いまは要警護対象者で、ただそれだけのはずだというのに、これはいったいなんなのだ。

「……やめた」

突き詰めると、ろくな答えがでてきそうにない。というか直視したくもない。健児は厨房へと向かい、矢巻の作るまかない飯に集中することにした。

＊　＊　＊

和以の家から盗聴器が発見されて二週間。これといって動きがないままの状況に慣れかけたその日、ついに異変が起きた。

「笹塚さん、ちょっといいですか?」

「はい」

和以とともに出勤するなり呼びつけてきたのは、厨房の矢巻だった。この店の料理をほぼ一手に担っている彼は仕込みがあるため誰よりもはやく店にはいり、最後まで残っていることが多い。まかないで世話になるため、店内ではもっとも会話する機会が多いが、職人肌の彼とは意外に馬があっていた。

むろん、健児がなぜこの店にいるかについても和以から説明済みだ。その矢巻が微妙な顔をしていることに健児はいぶかった。

「これなんだけど、朝届いてたんですよ」

矢巻が示したのは、ランやバラなど高価な花をふんだんに使ったフラワーアレンジメント。店内にいれることもせず、通用口に置いたままの状態であることで、健児はぴんときた。

「店長あてですか。どこから？」

「カードとか、送り主の名前がわかるものはなし。朝、お荷物ですってインターホンで声かけられて、でたらもうこれが置いてあったんです」

「送り状もなし。花屋の配達とか、宅配サービスで届いたわけでもない、つまり直接運ばれたと」

ひさしぶりに届いた『プレゼント』は、いままでのように店内に置いていかれなかった。そのことに違和感を覚えているのは、矢巻も同じだと彼の視線が語っている。

「これって、やっぱり健児くんが目立ちまくってるおかげ？」

健児の背後からひょいと顔をだした和以の言葉に「それはあるでしょうね」と矢巻もうなずいた。

「店長のファンの場合、静かに見てるタイプが多かったせいで、こみいった店内にひとがはいってきてもわかりにくかったんですよね。けど笹塚さんは常にバックヤードとの境目にいるし、うっかり忍びこむのはむずかしい。最近は女の子たちに捕まってきゃあきゃあ言われてることもあるけど、その間は、仁千佳くんが見張るようにしてますから」

むろん、健児がこの店に常駐するようになってからは、防犯カメラのほうも設置してある。店内に二台、バックヤードの通路に一台、そして外の出入り口と勝手口に一台ずつ。むろんインターホンのある場所に設置されている。

「朝のぶんの録画データ、とりあえず確認しましょう。あとこれは——」

健児ですら一抱えもあるような大振りな花かごを持ちあげ、健児は台座部分を確認した。花と、おそらく給水スポンジ《オアシス》のせいでけっこうな重量がある。これを抱えて目立たず移動するとなると、車でなければ無理だ。

まず考えたのは、先日店のまえで出くわした田野口だ。配達業者である彼ならば、この手のものを運ぶのも簡単だろう。けれど、あの単細胞——と言っては失礼だが、シンプルな行動にでた男が、こんな無言のプレゼントをよこすだろうか。

(ねえな、それは)

おそらく田野口が立ち直ってアプローチをしてくるなら、自分で花を抱えて持ってくるはずだ。彼は和以に認識されたがっていたし、名もない贈り物で満足するタイプには思えない。

(となると、別人か——ん?)

考えこみつつアレンジメントをしげしげと眺めていた健児は、ふと違和感を覚えた。

「ひとまずこれ、なかにいれますか?」

「いや……」

矢巻の提案に、健児は手のひらを見せて待ってくれと制した。網目状に薄い板を組んだカゴは、はなやかなリボンや包装紙に飾られている。その隙間をじっと見つめた健児は「和以」と呼びかけた。

「なに？」

「おまえこれ、どう？」

どうってなんだ、という顔をしている矢巻のまえで、和以もまた目をしばたたかせる。そして「んん」と首をかしげた。

「悪い感じはしない……けど……？」

「あっそ」

言うなり、健児はばりばりとそのきれいな包装をむしりだした。ぎょっとした矢巻が「ちょっと」と止めるのも聞かず、あっという間にオアシスから花を抜き取る。無惨《むざん》なかたちになったフラワーアレンジメントに、矢巻が顔をしかめる。

だが、緑色のオアシスに刺さった茎に紛れて、なにか妙なものが伸びていることに気づくと、彼はべつの意味で顔をしかめた。

「まさか、それ」

「レンズつきっすね」

案の定、一度切り離したオアシスのなかに防水処理をしたワイヤレスカメラを仕込み、もう一度貼り合わせるという手の込んだ仕掛けがほどこされていた。

「まめなヤツだなほんと」

健児は、鋭い犬歯を見せて嗤《わら》った。そして即座にレンズ部分を踏みつぶし、ざっと周囲を見まわす。このタイプのカメラであれば、二十メートル圏内での画像受信が可能で、近隣の住宅や店などに潜まれていたら充分に画像を受けとることはできる。

「どういうことなんです？　これ」

「いままでマンションに仕込んであったやつ、ツブされたんで、また送りこんできたってことっすよ」

矢巻の問いに、健児は苦い声で答えた。常識人の彼は、盗撮や盗聴の話を聞いてはいても現物を見たのがはじめてだったのだろう。不愉快そうにカメラを眺めているけれど、和以はと言えば、やはりたいしたダメージはなさそうだ。

「お花、花瓶に生けなおそうか。もったいないないし」

「……言うことはそれだけかよ」

「うーん、だってこれは、なんか……これじゃないんだよね」

んん、とうなって小首をかしげる和以に、なにか独自の基準があるらしいことは以前のホテルの一件で知れた。

健児もここ数日騒がれるようになって実感したことだが、ひとの視線がわずらわしくとも、あまりに毎日続けばいやでも慣れる。いちいち意識していては神経が保たないためか、自然と無視できるようになるのだ。生まれてこのかた注目を浴び、撮影されてきた和以は〝ただの盗撮〟程度ではうろたえない。

（じゃあなんでこいつは、うちに依頼までしてきた？）

当初はあまりの危機感のなさに一瞬、和以が冷やかし目的、あるいは健児へのからかいで、こんな話を持ちかけたのかと疑ったこともある。

しかしいくらなんでも創十郎のいる事務所をとおしてまで、というのはないだろう。和以が仕事に関してはまじめだし、そういう悪質な冗談を仕掛けるタイプでないのは、短いながらの共同生活でも学んだ。

（いったいどこがポイントなんだ？）

和以があまたある盗聴・盗撮機器のなかで、不快を示したのは、あの安ホテルでの仕込みカメラのみ。不特定多数に対する害をもたらすものの存在に気づいたときだ。そしてプレゼントのたぐいも、喜んで飾っているものと、しまいこんで放置しているものがある。

日常における彼のなかのセオリーからずれたもの、和以に不快感をもたらしたもの、その例外は、なんだ？

「和以、あのメールを書いたときって、なにがあったんだ」

「なにって……書いたとおりだけど」

「そんでも、いままで気にもしなかったことをあらためて気にしちまうようななにかが、あったたろ」

健児が詰め寄ると、和以は「んー」と小首をかしげたのち、言った。

「やっぱりメールに書いたとおり、かなあ。『これ欲しい』って言ったものが届くこと……」

「それってのは、あのクローゼットに放置してたもののなかにあるか？」

和以は「ない」とかぶりを振った。

「いくらなんでも気持ち悪いから、そういうのは店で処分してたよ」

健児が矢巻に目をやると「ほんとです」と彼もうなずく。

「ただ、ブランドモノのネクタイとか、届いたのが高価すぎた場合は捨てるのも忍びないんで、中身を確認したあとにアルバイトの子にあげたりしてましたけど」

「ブランドってたとえば？」

「なんだっけ……ルイジ、なんとか？」

矢巻が記憶を探りながら答えたとたん、瞬時に引っかかりを覚えた。

「和以、それ、ルイジ・ボレッリじゃねえのか」

「あ、そうかも。たしか、……テレビの情報番組見てたときで、ちょうどショップが映ってたんだよね。日本だと、扱ってる店がそこしかないとか、なんとか。で、あたらしいネクタイほしいな、ってつぶやいたら、届いたんだ」

だから気味が悪かったのだと言う和以は、以前、健児が借りたシャツにも、そのタグがついていたことを失念しているらしい。

「それ、この間借りたシャツと同じブランドだぜ」

「え、ああ、そうなの？」

タグなんか見てなかったと言う和以に、「そうだろうよ」と健児は皮肉な笑みを見せた。

健児にしろ、イタリア製の高級ドレスシャツなどあまり縁がない。又貸しされた状態がすっきりせず、一応クリーニングにだしてみたところ、店の店員に「かなりの高級品ですよ」という言葉とともに正式なブランド名も教えられたから知ったようなものだ。

「……この件、案外、単純な話かもな」

「え？」

まだ確証はない。日本ではあまり扱う店舗のない高級ブランドの品。むろんこのご時世だ、通販や海外土産《みやげ》など、いくらでも手にいれる方法があることはある。

だがその符丁が、健児はどうにも引っかかった。

「あのシャツ置いてった男って、いつ別れた？」

「え？　ヒデ？　えっと……いつだっけ」

んー、と考えこんでいる和以のうしろで、矢巻がはっと息を呑んだ。

「……二年と四カ月まえですよ、店長」

「矢巻くん、よく覚えてるね」

感心したように言う和以に対し、矢巻はげんなりした顔を作ってみせた。

「そりゃ覚えてますよ。クリスマスイブに店のまえで大騒ぎされりゃ、誰だって」

和以の話と食い違いを感じ、健児は「どういうことだ」と問いかけた。

「メール一本で別れたんじゃなかったのか？」

「え、別れたよ？」

戸惑ったような顔をする和以に、健児はますます顔をしかめ、矢巻がまたため息をついた。

「店長の記憶があいまいなのは、別れ話の直前にその修羅場だからですよ。クリスマスなんてもろに繁忙期だし、デートは無理って断ったら、相手のひとがキレまくって押しかけてきたんです。どうせ浮気してんだろとか……」

苦々しげに言う矢巻の態度にぴんときて「もしかして、矢巻さんが疑われたのか？」と問えば、彼はうんざりとした顔でうなずいた。

「クリスマスのサービスプランの打ち合わせで、連日いっしょだったんです。それ浮気だとか言われたら、同僚全員と恋愛しなきゃいかんですよね」

疲れた顔をする彼は、派手でこそないが、長身で精悍《せいかん》なハンサムだ。和以と並びたてば、似合わないこともない。

「わざわざ、昼どきのいちばんひとが多い時間に乗りこんできて大暴れ。なんとかお引き取り願いましたけど、あれこれ店内でまくしたてたおかげで店長もカミングアウトする羽目になっちゃって、うわさ、まわりまくっちゃって。ついでに、そのうわさ信じた彼女におれもふられましたから」

忘れるにも忘れられなかった、ということなのだろう。陰鬱《いんうつ》な声を発した矢巻とは対照的に、和以は「そんなこともあったっけか」と、あっさりしたものだ。

「……おい。おれが聞いたのと、ずいぶん話が違うんじゃね？」

和以はあっさり語っていたけれど、相当な修羅場だったようだ。いったいどういうことだとにらむが、和以はやはり動じる様子もない。

「結果は同じだよ？　そのあと会わないまんま、メールでお別れ」

「だから、それは」

言いかけて、健児は一気にばかばかしくなった。

(気をひくつもりで、嘘ついたかもしれんだろうがよ)

くだらない駆け引きだとは思うが、浮気した、別れようと告げて引き留められるか試すのは常套《じょうとう》手段でもある。そこであっさり「わかった」と言われ、引っ込みがつかなくなったのではないだろうか。

内心の疑いを読んだかのように「でもほんとにすぐ、結婚してたよ」と和以は言った。

「別れた相手なのに、んなこと知ってんのか？」

「……もと同僚みたいなもんだったから」

ふつりと言葉を切った和以は、追及するよりはやく「さて開店準備」と言って顔を背けた。引き抜かれた花を抱え、店にはいっていく薄い背中を見送っていると、矢巻が気まずそうに声をかけてくる。

「あの、店長さっきの話、ごまかしてたわけじゃないと思うんで。わかってやってくれますか？　俺もいまになって、思いあたったくらいなんで」

「ええ、べつに疑ったりはしてねえけど。あれが和以なりの事実なんだろ」

できごとが、べつの側面からスポットをあてるとまるで違う事実を浮かびあがらせるのはよくある話だ。和以なりの不思議な感性で受けとめた別れ話は、メールで終わったという認識だったのだろう。そんなふうに健児が解釈していると、矢巻は「それもちょっと違うかも」と顔をしかめた。

「違うって、どういう？」

「笹塚さんは知っておいたほうがいいかなと思って、あえてぶっちゃけたんですけど」

軽く周囲を見まわした矢巻は「たぶんですけど、店長がいやがってるのって、ストーカーってよりも、問題のモトカレだと思います」とちいさな声で言った。

「ただ店長はほんとに、あの修羅場のことは忘れてるっていうか、なかったことにしたいんじゃないかなって気がしたんで」

「なんか確定みたいに言ってますけど、なんでです?」

「……一時期、おれもストーキングされてたんですよ」

「それって、浮気疑惑のせいで、いやがらせされたってことすか」

顔をこわばらせた健児に、矢巻はうなずいてみせた。

「そいつの名前は?」

「岩波日出人《いわなみひでと》。HIDEって名前で、八年まえまでモデルやってたみたいです。いまは……どっかのちいさい劇団にいるはずですけど」

その名前は、江別のよこしたマイクロSDにはいっていたリストになかった。また新事実か。どういうことだと健児は眉をひそめるが、察した矢巻が「こいつの件は、事件とかになってないんで」と言い添える。

「なってないって、どういうことです」

「おれが取引したんです。訴える代わりに、店長に関してのデータぜんぶ破棄しろって」

いやな沈黙が落ちた。しばらくしてから健児が低く問いかける。

「それ、ハメ撮りとかそういうやつ?」

矢巻はうなずいた。

「頭、相当悪いヤツなんだと思うんですよね。おれに宣戦布告するつもりなのか、動画ファイル送ってよこして。で、店長は間違いなく気づいてない……隠し撮りされてた感じのだったんで。いやがらせやめて、これ消さないと、そいつの事務所にちくるぞって言ったら、一発でびびって謝りのメールよこしました」

データが届いたのは、和以と日出人が別れたあとのことで、矢巻はそれを和以には告げずに処理したのだという。

「でも矢巻さん、あんたも巻きこまれたのに、なんでそこまで？」

ずいぶんひとがいいと言えば「まあ正直めんどくさかったですけど」と彼は頭を掻いた。

「個人的にですけど、ちゃんとしよう、まともにやろうってがんばってるひとのこと、じゃますのって最低だと思ってるんですよね。……おれもまあ、いろいろあったクチなんで。店長がこの店持つって決めたおかげで、おれは厨房に雇ってもらえたところもありますし」

目を伏せた矢巻は、多くを語ろうとはしなかった。だが三十にもなる男の過去に、なにがあってもおかしくはない。じっさいのところ、矢巻の料理はかなり洗練されたもので、こんなちいさな店にいるのが不思議なくらいだった。和佳奈の引き抜きとは聞いていたけれど、そこにもなにか複雑な事情があるのかもしれなかった。

「ただ、またあいつがでてきたとなると、おれがあのとき黙って片づけたのって、よかったのかどうか微妙な気もしてます。……あの当時は、仁千佳くんもそうしたほうがいいって言ってたけど――」

ぽろりと言った矢巻の言葉に、健児は形相《ぎょうそう》を変えた。

「ちょい待った。仁千佳は知ってるんすか、それ」

健児の問いに、矢巻はあからさまに「しまった」という顔をした。どうやら、ことを伏せていたのは彼ひとりではないらしい。

「こっからさきは、仁千佳に訊《き》いたほうがよさそうっすね」

「……あー……怒られる……」

頭を抱えてしまった矢巻にとりあわず「ひとまず、店に戻ってください」と健児は告げた。そのまま外へと向かう健児に、矢巻は「どこいくんだ」とあせったように問う。

「ちっと仁千佳と話、してきます」

「いや、ちょっ、笹塚さん、待って、それは」

さっさとバイクにまたがる健児を止めようとする矢巻に「きょうは和以のおもり、たのんます」と告げてエンジンをかけ、健児はその場から走り去った。

＊　＊　＊

仁千佳の大学へと向かい、メールで呼びだしたところ、彼はあっさりと応じた。

「ちょうど一限が休講になったとこだったんだ。そのへんでお茶しよっか」

いつものごとく、あっけらかんとした様子の仁千佳は、唐突な健児の来訪をいぶかる様子もない。そのおかげで、彼が当初から意図的に情報を伏せていたのが知れた。

「おまえ、いったいいつ、岩波ヒデだかなんだかいう男のこと、話すつもりだったんだ？　なにがどうなってんだよ。てか、どうして矢巻さんが脅されたこと、所長は知らない？」

大学近くの、さびれた喫茶店に腰を落ちつけるなりそう問いかけると、運ばれてきたお冷やを飲んだ仁千佳は「水道水だ、まっずい」と舌をだしてみせた。

「おい、仁千佳！」

「そんな怖い顔しなくても、いまから話すよ。っていうか、矢巻さんけっこうがんばって黙ってたなあ。まあ、いつまでも口止めしてられるとは思わなかったけど」

まずいまずいと言いながら氷をかじり、仁千佳はため息をついた。そして見たこともないほど真剣な顔をして、ぽつりとつぶやく。

「父さんに言わなかったのは、和以くんがそのこと、忘れてる……ってか、まったく意識にないからだよ」

「……どういう意味だ」

「ねえ健児さん、まえにおれ確認したよね？　和以くん、眠れてるかって」

それがなんだ、と思いながらうなずく。仁千佳は「どこから話そうかなあ」と言いながら、ちいさな唇を噛《か》んだ。

しばし沈黙が続き、その間にコーヒーがふたつ運ばれてくる。ポーションタイプのクリームを流しこみながら、目を伏せた仁千佳はひとりごとのように言った。

「八年くらいまえね。おれが十歳くらいで、和以くんがモデルやめたばっかのころさ、うちに一時期、泊まってたことあったんだよ。もうその時期って、うちは離婚しちゃってて、母さん忙しくてさ。おれとふたりで暮らしてるみたいな状態があったんだけどさ」

ぐるぐると仁千佳はコーヒーをかきまわした。白黒のマーブル状だったそれが茶色く混ざっていくのをじっと眺める目は、過去だけを見据えているようだ。

「あるとき、喉《のど》が渇いてさ。夜中に目を覚ましたんだ。で、台所で水飲もうって思ってリビングとおったら、和以くん、真っ暗なリビングの床に座ってぼーっと窓のそと見てた。話しかけると、すごいトンチンカンなこと答えるんだよね」

「トンチンカン?」

「うん。まだ起きてるの、って訊いたら、『鍵は閉めたよ』とか、『チョコレートは食べないんだ』とか。脈絡がまったくない。寝ぼけてるのかなって思ったんだ。最初はね。でも毎晩なんだよ。夜中にぜったい起きて、変なこと言う。でも朝になると、覚えてないんだ」

子ども心にも妙だと感じて、いったいなんだと思っていたある日、和以がふらふらとリビングをでていこうとしたのだという。

「そのころ住んでたのってマンションで、階段なんかないんだ。でもずっと階段降りるみたいな歩き方で足踏みしてた。……それで、健児さん知ってるかな? アルプスの少女ハイジ」

「夢遊病か」

こくりと仁千佳はうなずいた。

「推薦図書で読んだばっかりだったんだ。それで、どういうのかなって思ってネットで調べた。ストレスが原因だって書いてあって、あーこれよくないことなんだ、って思って。それからずっと、同じ部屋で寝るようにした」

おばけが怖いんだとかなんとか、てきとうな言い訳をつけたり、いっしょにゲームをやろうと誘いこんだり。

「夜中に起きちゃうのは相変わらずだったけど、おれと話してるうちにまた寝ちゃうことも多かったから」

「和以はそれ、自覚は」

「……途中から、したみたい。何年か経《た》ったあとに、いっしょに住んでたころ、変じゃなかったかって自分から訊いてきたから。それで、おれがなにも言えなかったら、誰にも言わないでくれって、頼んできたんだ」

わかった、と仁千佳は答え、和以の秘密は守られた。本来ならそれですむはずだったのだと、苦い声で彼は言った。

「それで、そのころが……和以くん、いちばん遊んでた。でも、ぜったいにひとを家に泊めたり、ひとんちに泊まったり、しないんだ」

それはそうだろう。夢遊病などを患っている状況で、へたな相手を家に泊めなどしたらいったいどうなるかわからない。

「……でも、だから、あの動画が変だなってすぐわかった。あのときと同じ目、してたもん。ぼーっとして、見えてるのか見えてないのかわかんない目。あれって、口にするのもいやだけど、……レイプだよね。和以くん、意識ないんだから」

仁千佳はぎゅっと唇を噛んだ。健児は胸くそ悪さを覚えながら、気になる点を問いただす。

「なんでおまえが、矢巻さんあてに届いた動画を見ちまったんだ?」

「これは完全に、偶然。矢巻さんの言ってた動画って、あのひと個人にじゃなくて、店で使ってるアカウントのアドレスに届いたんだ」

当時すでに、お手伝い感覚で《アノニム》でアルバイトもどきをしていた仁千佳は、デジタル音痴の父親の代わりにパソコンのセッティングなどを請け負うことがあったという。

「そのころちょうど、《藪手毬》のサイトをリニューアルしたばっかりでさ。矢巻さんが、異様に重たいファイルが届いてたけど、開けないし、ウイルスかって。見たこともないアドレスだったから、確認はおれがするって言って……そのマシンには、コーデックがインストールされてない動画ファイルだった。必要な処理をして、再生可能にしたら、ひっどい状態の和以くんが映ってた」

ぐ、と仁千佳はまずいものを呑みこんだような顔をした。何度も眉間のしわを指でこする。

十五歳かそこらの少年が見るには相当にえげつないものだったことが想像でき、健児はさらに胸が悪くなった。

「矢巻さんも固まってた。おれも頭、まっしろだったけど、父さんの仕事見てたおかげで、やんなきゃいけないことはわかったから。そのメール保存かけて、IP割りだして。そしたらあいつ、間抜けっていうか。自分の携帯からそのまんま、送ってきてんの」

仁千佳の唇が、痙攣《けいれん》するようにひきつった。いまださめない怒りが身のうちに渦巻いていることを物語る口元を、健児はじっと見つめた。

「だから、矢巻さんに取引させようって言った。あいつの携帯持ってこさせて目のまえで消させた。ほんとにあいつばかなんだよね。念のため、おれが動画は保存してるけど、自分の顔もばっちり映っちゃってんのにさ。だからこれ世のなかにでたら困るのどっちだよって言ってやった。和以くんはもう、ゲーノーカイ引退してたけど、あいつまだモデルだったし。つってもぜんぜん、売れてなかったけどね」

ふう、と息をついて「まあそんな顚末《てんまつ》です」と仁千佳は笑った。健児は眉間にきついしわを刻んだまま、さきほど仁千佳がしたように、そこを指でこすった。

「おまえがそれ、いままで黙ってたのは、和以と約束したからか」

「それもある。あと……いくら当時つきあってたからって言っても、本人覚えてないのに、撮られてたとか最悪だし、和以くんだって知りたくないだろ」

うなずきながら、健児はなにかが腑《ふ》に落ちた気がした。

「なあ。その隠し撮りされてたのって、和以の部屋か？」

「ううん。なんか、ホテルみたいなとこだった。たぶんだけど、うっかり酔わされて連れこまれたかなんか、したんじゃないのかな」

そうか、とつぶやいた健児は、肺の奥から淀《よど》んだ空気をはき出すようなため息をついた。

かつて転々としていたから、という理由だけでなく、異様に和以がホテルをいやがる理由。そして妙に過敏な、そのくせちぐはぐな盗撮する機械への反応。

おそらく、無意識の奥底で、自分になにが起きたのかを知っていたのではないだろうか。

ぎしりと奥歯が鳴って、自分が驚くほど強く歯を食いしばっていたことを知る。

「マンションまわりうろついてる、背の高い男ってのが、岩波の可能性は？」

「わからない。おれが見てれば一発だとは思うけど」

「そうか。……あと仁千佳。おまえここ二週間……いや一カ月以内か、和以の部屋の掃除、ってか、クローゼットの中身の片づけとか、したか」

突然の問いに、仁千佳は目をしばたたかせる。そして健児の真剣な目に気圧《けお》されるように、わずかに顎《あご》を引いた。

「した、けど？　もらいものとか、処分してほしいって言われて……なんか二年か三年ぶんくらい、着なくなった服とかいろいろ放置されてたから」

「そのなかに、ルイジ・ボレッリのシャツ、あったか？　ぱっと見、ただの白いシャツ」

「んと、タグとかいちいち見てないけど……それがどうかしたの？　着回しできそうだから、白系のシャツは捨てなかったよ」

ようやくつながった、と健児は深く息を吐き出した。

おそらく和以がいまさらになって不快感を示したのは、調べなければ気づかないほど静かなストーカーたちの存在に対してではない。

本人が意識すらしていない過去の残骸《ざんがい》を、偶然発掘してしまったからだ。そして同時期にはじまった、アクティブに接触してこようとする誰かの存在が拍車をかけた。

（いや、誰か、じゃねえか）

おそらく岩波が盗聴し、和以を見張っているのは間違いない。

和以が見ていたテレビ番組に映ったブランドショップ。おそらく盗聴していれば、同じ番組を見るのも可能だ。そしてそこに自分が残していったシャツと同じメーカーのネクタイが映ったことも確認していただろう。

「……忘れんなっつうメッセージってことか」

「え、なに、どういうこと」

なんの気なしに「ほしい」とつぶやいた和以の言葉、それはべつだん、ボレッリのものをさしてはいなかった。けれどそこに、自分が残したシャツと同じブランドをあてがうことで、揺さぶりをかけてきているのではないだろうか。

「仁千佳、岩波の状況って、いまつかめるか？」

仁千佳は固唾《かたず》を呑み、「もう、江別さんに調査、頼んでた」とちいさな声で言った。

「例の動画のこととかは、言ってないけど。マエカレだし、ストーカーの可能性あるって言って、動向調べてって」

「なんかわかったか」

健児の問いに、仁千佳はこくんとうなずいた。

「わかった、っていうか、なにしてるかわかんないってのが、わかった。あいつ、モデルは二年まえ、劇団のほうも半年くらいまえに、やめてる。……だから心配だったんだ。あのころは保身のために、矢巻さんと取引もしたけど」

「捨てるもんがなくなったやつは、なにするかわかんねえからな」

一気に黒の可能性が濃くなった。健児のつぶやきに対し、ふたたび、こく、とうなずいた仁千佳が、ふだんはあかるい表情を曇《くも》らせている。もの言いたげなそれをじっと見守っていると、肩で大きく息をしたあとに、うめくように言った。

「ねえ健児さん、おれ、間違ったかなあ」

「なにをだ」

「こんなことになるなら、最初から父さんに言えばよかったのかな」

テーブルのうえで組みあわせた仁千佳の指が震えている。この二年以上、抱えていた秘密をさらけだして、解放感と同時に動揺もしているのだろう。

「こんなことって、まだ、なんも起きてねえだろ」

盗聴器やらなにやらは見つかったが、まだ実害はない。あえてそっけなく言うが、仁千佳はかぶりを振った。

「でもさっ……あの、あのときさ、矢巻さんは、父さんに言うべきだって言ったんだ。あと警察とかにも。でも、おれが、やめてって頼んだ。……夢遊病のこと、誰にも言わないって和以くんと約束、してたから。あのときはそれしかないって思ったんだ」

大きな目は潤《うる》んで、いまにもこぼれそうな涙をこらえている仁千佳は、ようやく年相応に見えた。健児はふっと息をついて、ちいさな頭を手のひらにつかむ。そしてそのまま、ぐらぐらと揺すぶってやった。

「わ、わっ」

「和以の映ってる動画、まだおまえが持ってんのか」

ちいさく悲鳴をあげた仁千佳に問えば、びくりとしたあとうなずく。健児は「そうか」とため息をつき「それよこせ」と続けた。

「よこせ、って?」

「動画。媒体はなんでもいいけど、移して、データおれに預けろ。んで、おまえの持ってるのは削除しろ。あとはこっちでどうにかする」

健児の言葉に、仁千佳は目を瞠った。そして食い入るようにこちらを見つめて、問いかけてくる。

「それ、和以くんのこと引き受けてくれるって意味にとっていい？」

「……岩波については、仕事受けたからにはどうにかする」

回避した返答に気づいたのだろう、仁千佳は不満そうに口を尖らせた。

「そういうことじゃないよ、健児さん」

「どういうことだっつんだよ。だいたい和以のいねえところで、あいつを勝手に預けたりなんたり、しようとしてんじゃねえよ」

ため息をついて、健児は仁千佳の額を小突いた。

「仁千佳がいま持ってるもんについちゃ、引き受けてやる。けど和以自身をどうこうとか、おまえが言うのは、そりゃ違うだろ」

「だって健児さんといっしょで、和以くん、眠ってるのに！」

必死になって言う仁千佳に、それ以上言うなと健児は視線で制した。すがるような目をされても、こればかりは違う。聞けない。

「とにかくまだ、岩波についても状況的にやばい可能性がある、ってだけだ。確定情報じゃない。まずは調べつけてからだろ」

「健児さん、だからっ」

「言っただろ。和以のことを、おまえが、どうこう言うな。決めつけんな」

一言ずつ、区切って告げる。頭にあったのは、護るつもりでそうできなかった義弟の傷ついた顔――そして、不愉快な男とともにあるときの、嬉しげな顔だ。

「よかれと思ってしたことでも、本人にとって希望どおりかどうかなんてわかんねえだろ。自分がしたいように、選んで行動したんでなきゃ、けっきょくはどうしようもねえんだ」

そしてその行動に責任をとれるのも、動いた本人でしかない。健児は自戒と皮肉を混ぜこんだ言葉を、苦く噛みしめながら告げた。

「……そうだけど」

仁千佳はようやく呑みこんだのか、まだ不服そうにしながらもいったんは口をつぐんだ。だがそこでめげないのもまた、仁千佳なのだ。

「じゃあ、和以くんが言ったら？」

「なにをだよ。……とにかく、店に戻る」

健児は伝票を持って立ちあがる。仁千佳は焦《じ》れたように声を荒らげた。

「健児さん、答えになってないよ！」

「起きてもいないことは、知らん。なんか起きたら、そりゃそんとき考える」

ひらひらと伝票を振り、健児はそれだけを言って背を向けた。仁千佳の視線がずっと追いかけてきているのは知っていたが、振り向くつもりはない。

(引き受けろのなんの、言いたい放題してくれやがって。わかってんのか仁千佳)

なんとも複雑な気分のまま、健児はつぶやく。

「そもそも、おれの気持ちはどうなんだっつう話だよ」

うんざりしたふうな声が、どうしてか自分の耳にも言い訳がましく、健児は顔をゆがめて舌打ちをした。

深みにならもうとうに、はまっている自覚は、さすがにある。ただ、まだ割りきれないなにかがじゃまをしていて、そこをどう処理すればいいのか、そもそも処理すべきなにかがあるのかすら、混沌として判断がつかない。

「……めんどくせえな、もう」

ため息をついたとたん、ざわりと風が吹く。どこからか飛んできた桜の花びらが、目のまえをひらひらと舞い落ちていく。

いつの間にか春がもう、駆け去ろうとしていた。

＊　＊　＊

岩波の足取り、および盗聴器をしかけた犯人についての調査は、創十郎へ正式な案件になるよう健児から報告した。

うすうす予想してはいたが、仁千佳が江別へ頼んでいたことや、そして岩波の怪しい行動に関しても、創十郎はすでに把握していた。

『うちの事務所の人間に頼んだことを、おれが知らんと思ってるあたりが仁千佳もまだあまいわな』

電話口、そう言って苦笑した創十郎が、どこまでなにを知っているのか、健児はあえて確認しようとは思わなかった。ただ、「和以の病気について知っているか」とだけ問うと、創十郎はいつもの飄々とした声で『うまく眠れないって話か』と、これもさらりと答えた。

『最近は眠れてるみたいだし、本人がいいならいいんじゃないのか。あれで和以もおとななんだから、仁千佳が心配することっちゃない』

「まあ、そっすね」

『……ただ、まあ、あの子が心配しちまうような状況を見せちまったのは、おれらに責任もあるけどな』

子どもがおとなを護ろうとするなんて、あまり健全ではないな。そうつぶやいた創十郎の言葉にめずらしくも苦さを感じ、健児は口をひらいた。

「ガキでも、大事なひとは護ろうとするもんじゃねっすか。ふつうに」

創十郎は電話の向こうで、虚をつかれたように押し黙った。ややあって『……ふつうか?』

と問いかけてくる。

「ふつうだと思いますよ。おれも、……母親の身体弱くて、弟もアホで、いつもどうにかしてやらんと、ってずっと思ってましたから」

ぽろりとこぼした言葉に、創十郎が『そうか』と静かな相づちを打つ。

口にしたことで、ひさしぶりに母親を思いだした。もう十二年ほどまえ、すこしずつ薄く削《そ》がれるように弱り、ついにはいのちを失っていった彼女は「お兄ちゃん、お願いね」が口ぐせのひとだった。

——健児はいいこだけど、ちょっとわかりにくいところがあるのよね。でもやさしいのは、お母さん知ってるの。だからね、自分より弱い子や、助けてあげなきゃいけない子には、ちゃんと手を貸してあげて。

短気でけんかっぱやい長男へのしつけだったのだろうと、いまは思う。それでも母の言葉はまるで刷りこみのように、健児のなかへと根づいてしまっていた。

おそらく健児の保護欲がひとより強いのは、あの言葉のせいもあるかもしれない。そんなことをいまさらになって、ふと思う。

「単純に、性格的な問題はあるかもしれんですけど……あいつも、長男だし」

なんだか自分のために言い訳しているような気分になり、健児は口早に告げた。

「とくに男なら、そんなもんじゃないすかね」

『はは、そうか。仁千佳も……そうだな、男だしな』

どこかほろ苦いような、誇らしいような複雑な声で創十郎は笑う。だが数秒後には、いつもの彼らしい、どこまで本気かわからない口調に変わっていた。

『それで、男らしい健児としては和以についてどう――』

「そんじゃ報告終わりってことで、失礼します」

返事を待たずに通話を切ったのは、加原《かはら》親子の和以推し攻撃に辟易《へきえき》していたからだ。

ふかぶかとため息をついて携帯をポケットに押しこんだ健児は、鞄に放りこんだままの煙草《たばこ》を引っぱりだす。

店内は禁煙だが、ロッカールームの休憩室に関しては違うのが助かる。大きく息をついた健児が休憩の一本をくわえたところでノックがあった。

「笹塚さん、お客さん」

顔をだしたのは汗だくの矢巻だ。いままさに火をつけようとしていた健児は唇をゆがめ、

「客ってなんすか」と顎を突きだしてみせる。

「まさかまた、変なギャルみてえのが指名してきたんじゃ」

「違う違う、ほんとにお客さんです」

あわてて手をふる矢巻にあたってもしかたない。健児は舌打ちして煙草をしまいこむと、肩を鳴らしながらロッカールームをでた。

「最近、いつもばきばきやってるけど、肩こりひどいんですか?」

「まともに寝られてないっすから」

軽いあくびとともに吐きだしたのはただの事実だ。和以と寝食をともにするようになって二週間ちょっとの間、健児は手足を伸ばして寝られたためしがなかった。

「アパートじゃ部屋狭くて足のばせないし、いまもソファで寝起きしてるんす」

「え、でも店長のマンションってかなり広いですよね? 客用寝室もあるんじゃ」

「寝室にこもると防音ききすぎて、ひとが出入りしたらわかんないですから。なんかあってもいいように、リビング待機です。ずっとジーンズ穿《は》きっぱなしで、寝心地悪いし」

じっさいの寝不足の理由は、それだけではない。

あの手がかかる、色気過剰の男と同居して二週間。セックス禁止の言い渡しはいまだに遵守されている状態だ。

ことがごたつきはじめたおかげで、和以もふざけて誘ってくることこそなくなったが、健児としてはじつに微妙な状況でもある。

(寝相わりいんだよな、あいつ)

おまけに寝穢《いぎたな》く、朝の出勤時間にたたき起こすのも健児の役割になっている。そこまではまだ、ボディガード兼ハウスキーパー——もうその役目もあまんじて受けいれることにした——として、割りきれた。

だが、朝の起床をうながす際のやりとりは、最近では健児にとって拷問に近い。和以は寝るとき、下着しかつけない。その状態で、寝乱れた髪とあまいにおいをシーツにまき散らし、寝起きのあたたかい身体を絡みつけて「もうちょっと寝る……」とあまえてくる。

そのため毎朝、ベッドから突き落として目覚めさせる羽目になっている。

(ひとんちにいるんじゃ、抜くに抜けねえし)

おかげでこのところ、妙に神経が立っている自覚はある。先日、不意打ちで唇を奪われた日の夜などは最悪で、気楽な顔で「おやすみ」と部屋に消えた和以をよそに、じりじりした気分を味わわされた。

(とにかくはやいところ、ことを解決させて——)

ふと考えた健児は、そのあとに続く言葉を自分のなかで打ち消した。

(いや、なんかそりゃ違うだろ)

さっさとやりたいだとか、それはなにか違う。というよりもいまさらながら、ナチュラルに彼だけを想定している自分にこそ引っかかった。

二十四時間体制の警護だから、てきとうに夜の街にでて、誰かを引っかけるということもできない。それはあたりまえだ。しかし、なぜ和以に対して操だてしているかのような発想になる?

(これじゃ完全に、おっさんやら仁千佳の思うツボじゃねえか)

自分がいつの間にかまるめこまれている気がして、不愉快だった。望むと望まざるにかかわらず、一本道を歩かされている気分だ。そういうのは健児の趣味ではない。

悶々《もんもん》と考えにはまりこんでいた最中、まじめな矢巻が心底不思議そうに問いかけてきた。

「……いっしょに寝てないんですか」

「あ?」

健児は凶悪な顔になってしまった。彼はあわてたように手を振ってみせる。

「いやあの笹塚さんと店長のことはまえから知ってますし、てっきりそうなんだと」

「そう、もこう、もねっすよ。いまおれ仕事であいつといっしょなんすから」

「え、まじでそれだけなんだ……」

本気で驚いている矢巻に、ついに健児はキレそうになった。

よりによって、欲求不満を自覚しているときに、なぜ他人からあれこれ言われて、煽《あお》られなければならないのだ。

「あのですね、なんなんすか? 和以のまわりの人間って、おれに対して遣《や》り手のババアみてえな態度ばっかとるんすけど、まさか矢巻さんもっすか?」

「ややや、おれは違いますけど」

じろっとにらんだされき、矢巻がさらに大きく両手を振っている。険悪な目つきに怯える様子はないが、ただあせっているようだった。

「外堀埋められてっと逃げたくなんの、男のサガだっつの、わかりますよね」

「いやうん、わかるんだけどさ。ごめん、応援はしてたから。なにしろ店長、一生懸命だったのはまわりみんな知ってて」

ずいとつめよる健児にあとじさりながら、矢巻は謎の言葉を発した。いったいなにに一生懸命なのだと問うはずのタイミングで、話題の中心人物がひょいと顔をだす。

「なにしてんの健児くん、矢巻くんも。お客さんだってば」

「あっ、すみません」

なぜか謝ったのは矢巻だ。健児はいままでしていた話題が話題だけに気まずく、頭をがりがりと掻いて足早にスイングドアへと向かう。

「客ってどこっすか」

「……あそこ」

顎をしゃくった和以は、いささか硬い表情に見えた。「なんかあったか」と問いかけるけれど「なにも」と顔をあげた彼はいつものとおりゆるい笑顔だ。

「ほらあそこ、窓際の席ね。はいメニューボード」

釈然としないまま、胸に押しつけられたボードを抱えて健児は窓際へ向かった。

うつむいているきゃしゃな姿の青年に、一瞬仁千佳かと思った。だがすぐに違うと気づき、健児は驚きで目を瞠る。

「なにやってんだおまえ」

「……そっちこそなんだよ、その顔」

健児の気配に顔をあげた彼がじろりとにらんできた。覚えがあるようでいて、もうだいぶ違ってしまった顔を見おろし、健児は無言で立ちつくした。

來可は遠慮もなく、接客用の健児の出で立ちをじろじろ見る。

「なんでギャルソンなんだよ。転職したのか。なんでも屋は？」

「仕事の一環。っつうか、おまえ……あたま、それ」

來可はかつて、まるで顔を隠すようにして髪を伸ばしていた。すくなくとも一年まえまでの彼はそうだった。だがいまは、長くしすぎていた前髪を切り、さっぱりとした雰囲気になっている。

「あ、うん。もうハゲもないし、いいかなって」

高校時代と同じくらいの、だがまったく印象の違う、短い髪の來可。それを見たとき、健児のなかでなにか、不思議な感覚が呼びさまされた。

表情も、見たことがないほどあかるく、わだかまりもない。どこか芯《しん》の強さを見せつけるような來可の笑顔に――変化に、健児はすこしだけほろ苦いものを覚えた。

「健児のほうこそ、その頭の色。また派手になったんじゃないのか」

「こりゃ美容師が勝手にやってんだよ。……つうか、どうやって突きとめた、ここ」

「その言いかただと、自覚的に行方《ゆくえ》くらましてたんだな」

怒ったように言った來可は、ごそごそとタブレット端末を取りだしネットにつなぐと、すでに登録してあったらしいページを開いてみせた。

「これのおかげで追跡できました」

「……まじでか」

脱力した声になったのは、それがくだんの『食べナビ』の口コミレビューだったからだ。だが本家のサイトではなく、レビューを引用したうえに写真を掲載している個人ブログのようなもの。

「これ見つけたの、おれの大学の子だった。何度かここの店にもきたことあるって言ってて、たぶん間違いないって」

來可の説明によれば、寛の後輩であり、ボランティア仲間の女子が『食べナビ』で健児のことが書いてあったのを発見。「笹塚健児の情報ならなんでもくれ」と通達してあったため、もしかして……という確認をしてきたのだそうだ。

「そんなんまでして、探す必要もねえだろ」

「あるよ。心配してたんだ。手紙の返事もよこさないし」

「一応、だしたろ」

來可の手紙が十通目になるころ、はがきを一枚。『生きてる、心配すんな』のひとことを送りつけてあった。健児としてはそれで充分だろうと思ったのに、もと同級生の義弟は「本気で言ってんのか」と目をきつくする。その顔を見ながら、健児はため息をついた。

「本気で言ってる。つうかな、おれがいねえことに躍起になってんのは、おまえだろ」

ぐ、と來可は唇を噛んだ。図星だったか、と健児はおかしくなる。

「亮太もオヤジも、おれについてなんつってた？」

「……ほっとけ、って。気が向いたら連絡くるだろうって」

「だろうな」

健児は肩をすくめる。もともと高校にはいったころには、ふらふらとバイクで走りまわることの多かった長男を、父も弟もなかばあきらめ顔で放置していた。彼らがむしろ過保護になるのは、笹塚家のでかい男どもとは違ってきゃしゃな來可の母親と、当人に対してだ。

「べつに心配するようなこた、なんもねえだろ。おまえが探しまわるようなことでもねえし」

「あのさ、健児」

健児の言葉に、ふ、と來可は息をついた。しばしためらい、問いかけてきた言葉は、健児にとってこの一年数カ月の間、おそらく彼にあったら問われるだろうと想定していたもの、そのものだった。

「……もしかして連絡とらなくなったの、おれに怒ったからか」

訊いてくれるなと思っていたのに、やはり來可は口にしてしまった。一気に気まずくなる空気を重く感じながら、健児は「なんでそう思う」と問いに問いで返す。來可は「だって」とつぶやき、またうつむいてしまった。

細い首をうなだれる彼のちいさな頭。そこには渦をまいたつむじが見えるだけで、ずっと気にしていた神経性脱毛のあとは、もうない。

（こいつは、こんな顔だったたっけかな）

長いこといっしょにいたようなつもりでいた。でもじっさいには一年ちょっと離れただけで、顔だちすら忘れる程度だったのか。それとも來可が劇的に変化しすぎたのか。

（たぶん、両方だ）

いろいろと腑に落ちてくるものがあって、自然と苦笑が漏れた。健児はしばしためらい、彼の、もう心の傷跡が見えなくなった頭に、手を載せる。

「おまえのせいじゃねえよ。おれの問題だった」

「……そうなのか？　でも」

「いろんな意味で、ひとりになりたかったんだ。それだけだ」

仁千佳にするほどには、気安くさわることができない來可の頭。それは、自分こそが勝手に來可をこわれもの扱いしていたからかもしれない。

「おまえだって、おれがいなくたって平気だろ」

「平気じゃ、ないよ。だってずっとともだちでさ……兄貴みたいな、もんで、なのに」

「寂《さび》しいとか言ったら、綾川寛が妬《や》くぞ」

からかいの言葉を発したとたん、目元を赤く染めた來可がぱっと顔をあげる。すっかりわかりやすくなった彼の表情に、健児はくっくっと喉を鳴らした。

「なんだその顔」

「け、健児が変なこと言うから」

「事実だろうが。ありゃ相当独占欲も強いし嫉妬《しっと》深いだろ。思い当たるから、んな顔してんじゃねえのか？」

図星だったらしい。軽く握った拳《こぶし》を口元にあて「やめろよ……」とつぶやく声に力はない。本気で照れているらしいその顔を見て、健児はなにか、肩の荷が降りるような――同時に寂しいような、複雑な気分を味わった。

それこそ、心配するだけ無駄だったのだと、赤らんだ顔が語っている。六年まえ、病室でうつろな顔をする來可を見舞ったときには、もうこんな表情をする彼を見ることもないのだろうと思っていた。

あのときの無力感や後悔はまだすこし、胸に残っている。けれど彼の痛みを払拭《ふっしょく》するのは、当時から健児の役割ではなかったし、また今後もそんな機会はないだろう。

「まあ、おまえがいいなら、いいんじゃね」

「わわっ」

仁千佳にいつもするように、くしゃくしゃと頭をかきまわしてやった。見た目の雰囲気こそ似てはいても、來可は健児と同い年だ。されたことのないスキンシップにぽかんとしていて、それがおかしかった。

「け、健児もなんか、キャラ変わった？」

「……どうだろな」

そうかもしれないし、そうでもないのかもしれない。目を伏せて笑った健児が、自分の手で乱した髪を軽く整えてやっていると、唐突に、ふわりとした声がかけられた。

「けーんじくん。仲よしはいいけど、手ぇ洗い直しね」

「あ」

反射的にぱっと、來可の頭から手をあげる。背後からひょいと顔をだしたのは、和以だ。その目がじっと、健児の手を見つめていて、背筋がなぜかひやりとする。

ほんの一瞬の、笑いのない目。だがそれはすぐに、いつものゆるくあまい笑みに変化した。

「こんにちは。店長の芳野和以です。健児くんにはいつもお世話になってます」

「あっ、こんにちは。こちらこそ健児がお世話になってます！」

あわてたように立ちあがり、來可はぺこりと頭をさげた。社交辞令の定型句とはわかっていても「世話されてねえよ、してやってんだろ」と健児はぼやく。つぶやきを完璧《かんぺき》に無視した和以が、來可の顔をじっと覗きこんだ。

「な、なんでしょう」

「この子がライカくんかあ。ふーん。カワイー。ちょっと仁千佳に似てるかも」

「……ニチカ……って、誰ですか？」

「おれの甥っ子。なかなか美少年なんだよ。健児くんとも仲よし」

にこにこ微笑んだ和以の表情は、いつもと大差がないものだ。だがどんどん空気が冷えきっていくような気がして、健児は顔をしかめる。

「ゆっくりしていってね、ライカくん。あ、でも健児くん、もう頭さわったらだめだよ。手、洗って」

健児は「ああ」と答えながら、なんとなく腑に落ちないものを感じて自分の手のひらを見た。來可はといえば、和以のよそゆきの完璧な笑顔に驚いたように、「すっげえきれいなひとだな」とつぶやき、胸を撫《な》でおろす。

「でもなんだろ、おれにらまれた気がするのは気のせい？」

「え」

なぜかぎくりとして、健児は手のひらを握りしめる。浮かせた腰をふたたびおろした來可は、フロアを横切っていく和以のうしろ姿を眺め、小首をかしげた。

「ていうか、あの……さっきのひと、ひょっとして健児の彼氏かなんか？」

「……どうだろな」

否定しかけて、それも意味のないことだと思った。ただのセフレだなどと來可を相手には言いたくなかったし、またそうして和以を貶《おとし》めるようなことを口にするのもはばかられた。

「ここにいるのって、あのひとのため？」

「まあそれは、間違ってない」

歯切れの悪い健児に、あまり追及してはまずいと判断したのだろう。來可は口を閉ざしたあと、ため息まじりに言った。

「なんでもいいけどさ、元気でよかった」

その顔は安心と寂しさを両方混ぜたようなもので、健児は握っていた手を開き、もう一度その頭に載せる。

「そのうち顔だすって、親とか亮太にも言っておいてくれ」

半信半疑ながら、ほっとしたようにうなずく來可の髪。やわらかく指にふれるそれは、仁千佳のまっすぐな髪とも、和以のしっとりと絡むようなそれとも違う。

そして気づいた。いままで店にいる仁千佳を相手にこづきまわしたところで、和以から「手を洗え」という注意を、健児は一度として受けたことがない。

むろん、直後にはちゃんと規定どおりに清潔にしていたけれど。

はたと目をまるくして、じっと手のひらを見る健児を、來可が不思議そうに見る。

「なに、健児」

「あ、いや……なんでもない。それよりおまえ、注文は」

「もう頼んである。できあがり待ちの間、ここに座らせてもらってた」

來可はお任せサンドイッチのランチセットを持ち帰りでふたつ、注文ずみだった。確認してこようかと健児が振り返ったとたん、目のまえににゅっと袋が突きだされる。

「うお⁉」

「來可くんのお持ち帰りセット、こちらです」

またもやにっこりと笑う和以に、健児は顔をしかめた。さっきからいったいなんだ、と言おうとしたところで「お代はけっこうですから」という和以の声がした。

「えっ、で、でも」

「健児くんの大事なひとなら、特別サービスです」

ふふ、と微笑んだ和以は、すらりとした指を唇のまえに立ててみせる。いたずらっぽい表情と健児の苦い顔を見比べて、來可は「あ、そういう、やっぱり」とちいさくつぶやいた。

「おい、來可。やっぱりってな」

「ううん、いい、いい。そのうち聞かせてもらう。あ、これごちそうさまでした」

「いいえ。またきてくださいね」

「いや、ちょっ、勝手に――」

なぜかいとまごいの挨拶《あいさつ》は來可と和以の間でかわされ、「またな」と一方的に告げる來可はいそいそと紙袋を持って店の外へとでていった。

「……なんだっつうんだ」

突然現れ、突然去っていった來可の小柄な姿が、春の街へと飛びだしていく。

大きなガラス窓から見ていると、道沿いのブロックに腰を引っかけ、そわそわした顔で待つ綾川寛がいた。

來可を見つけたとたんの、幸せそうに微笑んだ顔を見て、健児はあきれるしかなかった。

(犬かよ。だらしねえ顔)

だが高校当時の、とりすました顔よりはずっとましかもしれない。それはおそらく、寛を見あげて微笑む來可もまた、同じなのだろう。

(……お)

視線に気づいた寛が、來可の肩をつついた。ふたりでぺこりと頭をさげてきて、しかたなく、健児も軽く手をあげた。

楽しげに去っていく姿を見ていると、あきれたことに手をつなぎあっている。本気ではばかりねえな。そう胸のうちで毒づいたけれど、言うほど悪い気分でもない。

思っていたよりもずっと楽な気持ちで彼らを見送り、健児は接客に戻る。店のなかへと視線を戻せば、じっとこちらを見ている和以がいた。

「あれ、來可くんの彼氏?」

「ああ」

「ふうん。かっこいい子。っていうか、ちょっと素人《しろうと》離れしてない？　あと、どっかで見た覚えが……」

モデルかなんかだっけ、と和以がつぶやくのがおかしくて、健児は思わず笑った。

「見覚えは、あるだろうな。なにしろ四年連続で都内のミスターキャンパスだったやつだし、あちこちに顔もでてた」

「ミスターキャンパスとか、そういうのほんとにあるんだ」

へえ、と感心したように言う和以は、そういえば学校というものにあまり縁がないと言っていた。世慣れたようでいて、不思議な部分の常識や知識が欠落している男だ。

「……なに？」

「いや」

じっと見ていると、めずらしく居心地悪そうに首をすくめた和以は、視線を落として健児の手を見る。そして「洗ってきて」と短く告げ、きびすを返した。

それがどこか不機嫌そうに見え、妙なやつだと思う。同時によもやの理由が頭をかすめて、健児はかぶりを振った。

——おれにらまれた気がするのは気のせい？

ない、ない。内心で苦笑し、バックヤードの手洗い場へ向かった健児は、だがその背中に

感じる視線の熱量を、たしかに意識していた。

＊　＊　＊

その日は來可の訪問以外にとくに変わったこともなく、一日が終わった。

矢巻をはじめとする店員らは全員帰宅し、片づけを終えた店内で、売上データをパソコンに入力。その日の売上げ金を金庫にしまって、施錠。もうすっかり見慣れた店じまいの光景を眺めつつ、健児はどうにも違和感を覚えていた。

「んじゃ、帰るぞ」

声をかけると、和以が無言でうなずく。そして長い指で一気に灯《あか》りを落とすけれど、スイッチを切る仕種《しぐさ》がらしからずも乱暴だった。

ふだん、するすると泳ぐように歩く男にしてはめずらしく、足音も荒い。バックヤードを抜けて外へ向かい、三重になっている勝手口の施錠をする和以の背中が怒っているのを見て、健児はこの日の午後から問いかけようと思っていた言葉を口にした。

「……なんか怒ってんのか?」

声をかけたとたん、じゃらん、と和以の手のなかで鍵束が鳴る。

「それ本気で言ってるのかな、健児くん」

「本気って、わかんねえから聞いてんだろ」

妙に尖った声をだされ、健児は顔をしかめる。

荒い手つきで施錠をすませた和以は、身体だけはこちらを向いたものの、健児の顔を見ないまま、ちくちくと言ってきた。

「わかってたけどさ。ああいうタイプ好きなんだ。そりゃおれにはつれないよねえ」

「……は？」

「仁千佳をかわいがるわけだよね。ほんと健児くん、わっかりやすい好みだよね！」

めずらしくもあからさまないやみを言われ、どころか責められて、健児は混乱した。

「いや、好みとかべつに……つうか、なんでおれ、んなこと言われてんだよ」

「それ本気で言ってるかな⁉」

また同じ切り返しをされた。しかもさっきより語調は強い。けれど和以の顔は笑ったままで、それがいっそ——怖い気がする。だがひるむのも妙な話だと、健児は和以の眉間に寄ったしわを、めずらしさのあまりじっと眺めた。

「だってこの会話、おかしいだろ」

「なにがおかしいんだよ」

「……そういうんじゃねえんじゃねえの？　おれら」

はっきりした言葉にすることも、うまくできない。それくらい和以と健児の関係はあいまいで、まともなかたちにすらなっていない。そのはずだ。

だからこそ、創十郎や仁千佳、矢巻にあれこれと言われても、不愉快なばかりだった。名前のつかない、ゆるい関係でしかない自分らがこうも近づいてしまったのは事件のせいでしかなく、和以はその微妙さを、どこか楽しんでいるような気がしていた。

(……違ったのか?)

なにか、すさまじいずれを感じた。いま目のまえにいる和以と自分の間にできている、構造線。剝《む》きだしになった断層の違和は、どこでどうやって埋まる?

「外堀埋められると逃げたくなるんだったよね。悪かったね、よってたかってさ」

「おまえなに聞いてんだよ。つうか、悪かったたってなんだそりゃ。つか……だから、そういうんじゃねえだろって」

考えをまとめることもできないまま、和以が足早に近づいてきた。そしてひとさし指を健児の胸に突きつけ、聞いたこともないほど険のある声で責め立てる。

「聞くけど、健児くんの言う『そういうの』ってなに」

「質問で返すのは卑怯じゃね?」

「そっちがいつもよくやってる手だろ」

どうなの、と言って和以はようやく健児の顔を見た。まっすぐで真剣な目をしていて、なんだか痛ましい。ざわりと胸がさざめき、健児は濡れたようなあまい色に吸い込まれそうになりながら、言葉を探した。

「最初に、寂しいから、つったの和以のほうだろ」

「言ったよ。でももう一年半もまえになるよ。ただの言葉にひっかかってるの、健児くんのほうなんじゃないの」

　一年半。その間になにも、ほんとに変わらなかった？　言葉にされなかった問いが胸に刺さり、健児は戸惑った。

「所長がかまってくんねえから、とかじゃねえのか」

「なにそれ？　もう本当にさ、どこまで本気で言ってんの」

　今度こそあきれたように、和以は鼻を鳴らした。

「寂しいとは言ったけど、誰かの代わりになんかしてないし。だいたいおれ、健児くんのことすごく、大事にしてるつもりなんだけど」

「……はあ!?　どこがだよ!?」

　声を裏返した健児に、和以はこれみよがしなため息をつき、まるで抑揚のない声を発した。

「わーひどい。もてあそばれちゃった」

「そりゃ……こっちの台詞だろ」

「おれが、いつどこで、そんなことしてるっていうんだよ」

　なんだか知らないけれども、和以の機嫌はどんどん降下していく。ついには腕組みをして、肘を指でとんとんとたたきはじめた。ふだん、おっとりとゆるい彼がしたこともないほど、あからさまないらだちのボディランゲージだ。

「どこでって、いつもだろ。仕事中だっつうのに、無駄に絡んできたり」

「だから最近はベッドのお誘いも控えてるじゃん。健児くんまじめだから、けじめつけたいんだろうと思って我慢してるし」

「そこかよ⁉」

「そこだよ」

当然だろうとふんぞり返る和以に、健児はわけがわからなくなってくる。

「いや、あのなあ。おまえの警護の仕事してんだから、けじめもくそも、そういうことしねえのはあたりまえだろ」

「……あたりまえとか知らない。おれ、ふつうとかわかんないから」

和以の声は、なぜか傷ついているように響いた。何度か耳にしたけれど、この声は苦手だ。いてもたってもいられない気分になるし、胸が――ざわついて、おさまらなくなる。抱きしめたくなる。意味もなく髪を撫でてあまやかしたいような、そんな気分になる。

「なんなんだよ、言いたいことあるならはっきり言えっつの」

防戦一方で気分が悪い健児は、つっけんどんに問いかける。だがまったくひるみもせず、和以は攻撃の手をゆるめない。

「健児くんて鈍いの？　それとも、ほんとはものすごい、性格悪いのかな」

「だっから、意味わかんねえって！」

空気に、びりびりしたものが走った。火花が散る勢いの緊張感、怒りに似た感情の渦に巻きこまれつつ、健児は思う。腹がたっているわけではないのだ。いま胸に抱えているもののなかに苦みはなく、ただ、熱い。

きっとこちらをにらんでいる和以の目も潤んでいる、そして唐突に理解した。

「和以」

「……なに」

「おまえ、たまってんの？」

言った次の瞬間、すねに衝撃が走った。ぐっとうめきを呑みこんだ健児がその場にうずくまると、冷ややかな目で和以が見おろしてくる。

「健児くんて頭いいと思ってたけど、ほんとはばかなんじゃないのかな」

「てっめ……蹴りやがっ……」

よりによって爪先《つまさき》の、いちばんきつい蹴りを食らわされた。さすがに、ほとんど肉のない箇所への攻撃はきつく、健児は痛みにうめく。

「ものは言いようがあるだろ。もう、さきにいく」

「ちょっと待て、……あほっ」

「あほはどっち！」

ふてくされた顔の和以は、肩を怒らせながら駐車場のほうへと歩いていく。健児も一瞬、勝手にしろと考えたが、まだ彼が警護対象であることを思いだせばそうもいかない。

「おい、待てって和以——」

また変なのがいたらどうする、と言いかけた健児の言葉を裏付けるかのように、またもや悲鳴があがった。

「……またかよ！」

痛みの残る脚で駆けだしながら、よくよく襲われるやつだと、もはやあきれた気分になる。しかし、追いついた現場にでくわしたとたん、健児の顔に緊張が走った。

「なにすんだよ、はなせってば、はなせ……っ」

「なんだよ、なんで暴れんだよ。せっかく会いに来てやったのに」

いつかの宅配業者と違い、今度は本当に襟首をつかまれている和以がいた。ただ捕まえられているだけでなく、男の手にはナイフらしきものが握られている。飛びかかるには微妙な距離で目をすがめた健児は、とっさに壁に身体をつけ、身を隠した。

「より戻そうって言ってるだけじゃんか。なんでそんな抵抗するんだ」

「こっちはそんな気、ないって……いたっ」

ぱん、と乾いた音がして、和以の頬が張られた。驚き、目を瞠っている和以に、男は酷薄な笑みを浮かべてみせる。

健児は歯を食いしばった。じりり、と足下《あしもと》でにじる音がする。だが、まだ近づけない。

「またまえみたいに、楽しくやろうって言ってるんじゃん。でもあんまり逆らうなら、おれもちょっと考えないとなんだけど」

「まえみたいにって、子どもどうしたん……いっ！」

今度はまた、さきほどより強くぶたれた。健児は拳を握りしめる。あげく男は、ナイフの腹を和以の頬にぴたりとあてて「わかるよな」と恫喝《どうかつ》する。

うかつには踏みこめない。まずは凶器を奪うしかない。健児はポケットにいれたままのバイクグローブをはめ、男の背後から近づいた。

だがもうすこしで間合いをつめられるところまできたとたん、和以が声をあげる。

「——健児くん！」

はっとして男が振り向く。健児は内心で「あほか！」と叫びながら、ナイフを突きだしてきた男の腕を摑むと脇に挟みこみ、肘をねじるように力をくわえた。

「ぐあ！」

相手が身がまえるよりはやく、がら空きの腹部へと膝をいれる。くの字に折れた腹をかばって、男の手からナイフが落ちた。

とっさに蹴って遠ざけ、和以に「それ踏んどけ！」と怒鳴りつけた。びくっとした和以が、あわてて言われたとおりにナイフを踏みつける。

そのまま男を押さえこむはずが、和以に声をかけた一瞬に隙が生まれた。健児の腕を振り払った相手に腿《もも》を蹴りつけられ、すり抜けるように逃げられる。

「この……くそぉお！」

舌打ちした健児は、闇雲に叫びながら腕を振りまわして向かってくる男に身がまえ、腰を落として地面を蹴った。突進してくる身体に向け、体重を足に載せて蹴りあげた。肩と首にきれいにはいった脚を振り抜き、よろけた男を横になぎ倒す。

どっと音を立てて地面に落ちた相手の首を締めあげると、すでに白目を剝いていた。

「落ちたか」

ほっと息をついたが、念のために背中にのしかかったまま腕を背後にひねりあげ、膝で押さえこむ。

「……岩波か？」

健児は和以へと問いかけた。ぎこちなくうなずく和以の顔はこわばっている。そしてその肩越し、すこし離れた場所に、大振りの鞄が落ちていることに気づいた。

「和以、それこいつの荷物か？」

硬直したままの和以に声をかけると、しばらく反応がなかった。「おい！」と強めにうながしたところ、ようやく我に返ったようにぎくしゃくとうなずく。

「た、たぶん、そう」

「念のため、中身確認するから、おまえこいつの肩と首、踏んでおけ。思いっきり、体重かけて」

「な、なんで?」

「そうすりゃとっさには起きらんねえから」

交代、とうながされ、おっかなびっくりの和以が気絶して転がる男を踏みつける。健児が手早く鞄を探ると、物騒なものがごろごろでてきた。

「……なにする気だったんだよ、こいつ」

バイブレーターにローターなど、あからさまなエログッズに、ロープとムチ、異様に大きな注射器。それからビデオカメラなど、種類は豊富だがどれも目的がひとつに限られている。ものものしいそれらに、さしもの和以も青ざめていた。

健児はうんざりとため息をつき、一応の宣言をした。

「刑事訴訟法第二百十二条、第二項に基づいて常人逮捕します」

「……常人逮捕? それなに?」

「現行犯、ならびに凶器を所持してる相手は、警察じゃなくても逮捕できんだよ」

気絶している相手にそれが通用するものかまでは定かでなかったが、セオリーどおり時間を読みあげた健児は、荷物のなかにあったロープで相手を縛りあげた。

＊　＊　＊

警察と創十郎に連絡をいれ、彼らが到着するまでの間に、岩波は目を覚ました。

「……ふざけんな、なんだよこれ！」

念のため、店の椅子《いす》に座らせるかたちで縛りつけ、両足をそれぞれ椅子の脚に拘束しておいたのだ。気づいた彼は逆上し、こちらが聞くまでもなく、今回の凶行の動機を勝手にまくしたてた。

「だいたい和以、なんだよおまえ、なに浮気してんだよ！」

「……浮気？」

「その男はなんなんだ、どういうことだよ……！」

岩波の言い分は支離滅裂ではあったが、おおよそは、想定していた内容そのままだった。

彼の疑り深さと浮気が原因で別れ、自分から「連絡するな」と言っておいたくせに、いざ和以がそのとおりにすれば、未練だけが残った。

それでも子どもができたのだからと割りきろうとしたが、モデル事務所もクビになり、劇団でも演技力のなさから見こみなしとされ、妻は子どもを連れてでていってしまった。

「どうせもう、おれにはなにも残ってない。和以だけだったのに」

そうしてなにもかもなくした彼は、和以の周囲をつけまわし、いつか声をかけようと思っていたという。

だが、岩波がここまでの行動を起こした理由だけは、予想外のものだった。

「なのに、なんだよ。新しい男、こんなにさっさとつくりやがって。毎日毎晩、見せつけやがって。おかしいだろ和以、なにをどうやったっておれのことは、一度だって泊めてくれなかったくせして！」

まるでだだをこねるような男の言い分は、破綻《はたん》しきっていた。

二年以上まえに別れた相手、それも自分のせいで関係が壊れた相手に対し、いまだに我がものであるかのような口調でなじる岩波は、よかったころの思い出にすがろうとしていたのかもしれない。

だが健児はまるで同情できなかった。仁千佳がへどを吐きそうな顔で言った言葉が、胸に渦巻いていたからだ。

——あれって、口にするのもいやだけど、……レイプだよね。

意識のない相手に、行為を強要したあげく撮影するような男だ。しかも当時は、環境的に追いつめられていたわけでもなんでもない。

「こんなもん用意してくるような犯罪者相手に、気ぃ許せるわけねえだろ」

吐き捨てて、岩波が持っていた鞄を蹴る。勢い飛びだしたいかがわしい道具と、健児の凍りつくような目つきとを見比べ、とたんに相手はおどおどと首をすくめ、それでも口先だけは威勢がよかった。

「な、なんだよ。おまえに関係ないだろ……」

「あ?」

ぎろりとにらんで、健児は一歩まえにでる。とたんぶるぶる震えだす岩波は情けないにもほどがあって、あきれのため息しかでない。

「和以、あんたなんでこんなんとつきあってたんだ」

「なんでって言われても、なんとなく?」

いつもの調子で和以は小首をかしげ、健児は鼻白む。そして岩波は「なんとなくってなんだよ」と気分を害したようにわめいた。

「だってなんとなくだよ。つきあってって言われたからつきあったし、別れるって言われたから別れた。それだけ。なにかおかしい?」

まったく感情を乱すことのない、飄々とした和以の声に、岩波は青ざめていく。

「おかしいって、だってそれじゃ、まるで、おれのことなんとも思ってなかったみたいな」

「どうだったかなあ、忘れちゃった」

ふふ、と和以は笑う。とたん、岩波は激昂した。

「なんだよそれ! おまえいったい、なにさまだよ! おれのことなんだと思って——」

罵《ののし》られる間も、和以は微笑みをたやさない。健児も彼をここまで知るまえならば、いま目のまえでわめきちらす岩波と同じく、残酷に、男心をもてあそんでいると思っただろう。

だが、伏せた長いまつげの奥に、ゆらゆらと揺れているものをもう、知っている。

「和以」

「……ん？」

「本気、覚えてねえの」

健児が静かに問いかけると、彼は困ったように笑ったあと、かすかにうなずいた。

「……うん」

そのわずかな反応で、和以はおそらく過去の事実――仁千佳が必死で隠蔽《いんぺい》しようとしたできごとに、うすうす感づいていることが知れた。

そして、忘れていられるならば忘れていたいと思っていることも。

「わかった」

だから健児はそれだけを言って、口汚く和以を罵り続けている男へ向き直る。にらみおろされた岩波は「な、なんだよ」と尻でいざって逃げようとしながら歯を剝いた。

「おまえ、うっせえから黙れ」

「お、お、おまえナニサマだよ⁉　どうせおまえだってなあ、そのうちその淫乱《いんらん》に飽きられて、捨てられ――」

言葉が途切れたのは、健児が彼を縛りつけた椅子の座面を、したから蹴りあげたからだ。

「和以はたしかに淫乱かもしんねえけどな」

「……ちょっと健児くん」

それはなくない、と苦笑する和以をよそに、健児は宣言する。

「変態レイプ野郎に言われる筋合いは、ねえんだよ」

そしてふたたび、がつんと蹴る。バイク仕様のブーツは合板いりだ。頑健な足を振り抜いての蹴りの振動はすさまじく、びしりと木製の椅子にヒビがはいった。当然、そこに座っている岩波も感じただろう。

「おまえこれから警察くるまで、必要なこと以外は口開くな。じゃねえと次、股間《こかん》にうっかりかするかもしんね」

がくがくとうなずいた彼は涙目になり、すくみあがった股間がじわじわと色を変えていく。

「きたねえな」と健児が吐き捨てたとたん、べそべそと泣きだしたのには辟易した。

漏らしたことで完全に心が折れたのだろう、その後の質問に、岩波は素直に答えた。

贈り物に仕込んだ盗聴器と、自分を思いださせるためのプレゼントに関しても認めたが、テレビモニタに仕込んだカメラについては知らないの一点張り。

「おまえ、ほんとにタマ潰すぞ?」

「し、知らないものは知らないんだ、ほんとだ……!」

健児がまた靴さきを振ってみせたけれど、泣きわめいても白状しなかったあたりを見るに、嘘ではなかっただろう。

そうして、やってきた警察官から暴行の現行犯として、岩波はあらためて逮捕された。もみあった健児も彼に多少のケガを負わせてはいたが、所持していたナイフにそのほかのあやしげなグッズ類がセットとなった犯人を相手にしたことでおとがめなし。どころか、おそらく後日、感謝状がだされるだろうと言われ、なんともつかない気分になった。

そうして、簡単な事情聴取を終えた健児はその後の始末を創十郎にまかせ、帰宅をゆるされた。

＊　＊　＊

「……つっかれた」

どさりと腰をおろしたのは、和以のマンションのソファ。ここしばらくの、健児の寝床だ。乱闘のおかげで埃《ほこり》まみれになった身体をシャワーでさっぱりさせたが、健児は、いつものようにシャツとジーンズを身につけていた。

「またその格好で寝るの？」

主寝室のシャワーを使った和以が声をかけてくる。こちらはパイル地のバスローブ一枚というくつろいだ姿で、さらされた長い脚から健児は目をそらした。

「まだぜんぶ片づいてねえだろ。盗撮カメラの件もある」

「でももう、部屋にあるのはぜんぶ片づいてるよ。変な感じも、もうないし」

「それでもだ」

険しい目で健児が告げると、和以は濡れた髪をぬぐっていたタオルを、いらだたしげに床に放った。

「……おい、だからまたそういう」

だらしない真似《まね》をするな、とかがみこんだ健児の手を和以がつかむ。

「ベッド、いこうよ」

「おい」

「さっき、たまってんのかって言ったの、健児くんじゃん。もういいだろ、ひとりは捕まったじゃん。……しようよ」

誘いかける言葉と裏腹に、目は妙な真剣さを持っている。

「それしかないなら、それでいいから、しよう?」

健児は迷った。たしかに、和以が感じていた気味の悪さ——岩波についての事件は、ひとまず解決したと言ってもいい。しかし、さきほど中途半端に終わった口論や、気がかりな点はまだ残っている。

腕を引っ張られ、あらがわずに健児は彼の寝室へと向かった。最近は健児が片づけているせいで、さっぱりした状態のベッドまわり。そこに腰かけ、はやく、というように腕を引く和以に、そこでようやく健児はあらがう。ゆるく腕を払うと、和以の手がぱたりとシーツに落ちた。

「やっぱり、しない？」

なぜだかあきらめたような顔で笑って、彼は「つまんないなあ」とつぶやき広いベッドに転がる。そのまま、ごろごろと壁際までころがっていき、当然ながらはだけたローブから太股が覗いた。

扇情的な眺めだと思う。計算尽くの媚態《びたい》だと、以前の健児なら冷笑的に見たかもしれない。だが和以のなかにあるエロティックさの根元はおそらく、無邪気さでもあるのだと、この夜はじめて思った。

「なあ」

「ん？」

「おれしか、この部屋にいれたことないって、まじか？」

むろんそれは、掃除の手伝いにくる仁千佳や業者のことではない。ある特定の関係にある人間についての話だ。

問いかけると、和以は壁を向いて転がったまま、「うん」とうなずいた。

「部屋自体に遊びにきたりしたのはいたけど、おれの部屋まではいれてない。もちろん、泊めたこともない」

乱れた髪を手櫛《てぐし》で梳《す》いて、和以は起きあがった。しどけなく肩を崩して、振り返る。

ふふ、と微笑むあまい目つきに、なじみの熱がこみあげる。けれどまだ、話がさきだと健児は拳を握った。

「でも着替えのシャツ置いてってたの、借りたよな。あれはなんだったんだよ」

寝もしないのになぜ置きシャツがあったのだと問えば「あれねえ」と和以は言った。

「あいつ、あのころバーの店長もやってて、昼夜逆転しててさ。接待とかで家に帰れなかったときとか、職場からうちが近いからって言って、ちょいちょい着替えに寄ってはいたんだ。ただおれ、リビングまではいいけど、ひとが部屋のなかにいるの好きじゃないんで、寝室まで通さなかった」

その言葉に、あらためて驚く。健児は最初から彼の部屋に出入りを許されていたし、むろんセックスも、和以のベッドで何度もした。

「だから健児くんとしか、このベッドではやってないよ」

さらりとした告白に目を瞠った健児に気づかないのか、和以はいつものようなけだるい声で説明を続ける。

「で、いちどだけ、どうしても泊めてくれって言って、押しかけてきたんだよね。あとでわかったんだけど、同棲《どうせい》相手におれとの浮気がばれて、追いだされたみたいでさ」

「ああ、妊娠《にんしん》したっていう」

「そうそう。でまあ、寝室に鍵かけて、あいつはリビングで寝かせたんだけど、……そのはず、だったんだけどね」

言葉を切って、和以は生乾きの髪をくしゃくしゃとかき混ぜた。そしてベッドのうえで膝を抱え、壁にもたれかかる。

「目が覚めたらホテルで寝てて、すっごいびっくりした。身体中痛いし、なんかあったのかなって思ってたら、あいつがお風呂からでてきてさ。『おまえが誘ったくせに、なに驚いてるんだ』って言ったんだよね」

ははは、と乾ききった声で和以は笑う。すこしもおもしろそうでない表情に、健児は目をすがめ、無言のままその場に立っていた。

沈黙に耐えかねたように、和以がうなだれる。

「……知ってんでしょ」

「なにを」

「おれの夜中の、変な行動。仁千佳から、聞いただろ」

いつものふわりとした声とは違う、苦く低い響きだった。さきほど、岩波に向けて放った言葉のなかに滲《にじ》んだものを、やはり和以は気づいてしまったらしい。

「レイプかどうかは、わかんないよ。だっておれそのとき、意識ないんだもん」

胸の奥に、鉛《なまり》の塊が落ちてきた気がした。どこかで健児もまた、仁千佳が願ったように、和以が知らないままならばいいと思っていた——願っていたのだ。

「昏睡《こんすい》状態の相手になんだかんだすんのはレイプだろ」

うめくような声に、和以は「はは」といやな嗤いを漏らした。

「でもおれ、起きてしゃべってんだよ？　なに言ったのかとか覚えてないけどさ」

せわしなく、和以の手が開閉を繰り返す。落ちつきのない仕種に手をだしかけて、健児はこらえた。まだ和以は、はき出したいことがある。迷いながら舌をすべらせる唇に、そう悟った。

「まあ、そんで、大げんかしたんだけどさ。けっきょく、そのホテルに泊まった日の数日後には、二度と連絡すんなってメールがきて——」

おしまい、というように和以は両手を広げてみせる。昏《くら》い目で嗤って、和以はうつろにしゃべり続ける。

「なんていうの。やる、のはさ。べつにいいよ。ケガさせられたり病気移される心配さえなけりゃ、どってことないし。女の子じゃないから妊娠の心配もないし」

「……そういう問題じゃねえのは、自分でわかってんだろ」

「うん。まあ。でも、なんだろな。嘘つかれたの、いちばん、いやだったんだよね」

「ふたまたのことか？」

健児の問いに、和以は「違う」とかぶりを振った。

「おれからホテルいこうって言った、って、あいつ言ったんだ。それぜったい、嘘だから。そういう嘘きらいだよ。なんか……おれのせいにされるの、きらい」

信じていないわけではないし、事実だとは思う。だがはっきりと言いきる和以の言葉に、なにか引っかかりを覚えた。

「記憶がないってわりには、えらく確信あるんだな」

いやみでなく、純粋な問いかけだった。しかし和以はますます膝を抱え、あげくに恨みがましい目で、健児をにらむ。「なんだよ」と顎を引けば、彼はさきほどまでの陰鬱な表情から一変して、ふてくされたような顔になった。

「だって、誰のことも、おれから誘ったこととかないもん」

なんだそれは、と健児は顔をゆがめた。

「いや、そりゃ嘘だろ」

「嘘じゃないですー」

つんと口を尖らせてみせる、わざとらしい仕種。その唇が震えているのは気のせいではないだろう。

「おれはどうなんだよ」

「んん、例外？」

「そこは特別とかいうところだろ」

「そう簡単に特別はあげらんないなあ」

和以の長い脚が、健児の肩を蹴りつける。といってても離れるよう促す程度の力もはいってはおらず、どこまでも挑発的なだけだ。

羽織っただけのバスローブから伸びる、しどけなく開いた脚、しどけなくゆるんだ唇。濡れたまなざしさえも計算尽くだろう。

「健児くんの健児くんが、おっきくなってますが」

「さっき、たまってんのかっつったらキレたくせして、なんだその言いざまは」

「だって外であんなこと言われたって、舐めてやれないし、いれさせてあげらんないよ？」

どこまで本気かわからない、すぐにするりと色を変える和以の表情。

いらいらして歯がゆい。こんなゆるすぎる男は好みではないのに、見れば欲情する。もしかしたら、すべてが罠《わな》だったのかと薄々思っているくせに、和以がちょっと脚を開けばおしまいだ。

「言うほどフェラうまくねえだろうがよ、この、クソビッチが」

「あっはっはァ？」

余裕の笑みで、和以はなまめかしく脚を肩にそって動かした。けれどわずかに、ほんのかすかにその爪先は、震えているのだ。

「……だってむかつくじゃん。ああいう、おれと真反対のタイプが好みとかさー、勝ち目ないし」

嫉妬しているふりで、遊んでいる。そう見せかけておいて本心はどこにある？

「そっちこそ、所長のこと好きなんじゃねえの？」

「いつの話？　ハツコイだって言っただけだろ、二十年もまえだよ。だいたい、おれゆるいけど、不倫とかきらいなんだもん。だから創十郎さんが浮気した時点で対象外」

「……にしちゃあ、それっぽいこと、ほのめかしたよな？　なんべんか」

「妬いてくんないかなと思って？」

言いながら、お互いまったくその言葉を信じていない。すくなくとも和以はそう振る舞い、健児もまた乗ってみせている。

だが絡みあったまま離れない目の奥に、いちど見つけてしまったものは消せなかった。

（裏の裏は、表ってやつか）

おそろしく軽いはじまりだったくせに、和以は最初から健児だけが別だったと言っている。言葉と態度がちぐはぐで、ひっくり返っていて、わかりにくい。

といって、自分もまた素直ではないし、わかりやすいタイプではないから、あまりひとのことは言えないのだろう。

「つーか、なんでおれは例外に選ばれたわけっすか」

「健児くん、おれのこと最初、眼中になかったから」

さらりとした答えに、なんだそれは、と健児は目をまるくした。

「あのさ、ほんとに覚えてないと思うけど。健児くんがおれのこと認識するまで、何カ月かかかったんだよね。挨拶しても、名前覚えてくんなくて」

「……だっけ」

「だよ。デリバリー持ってくるひと、って以外、なんの興味もない顔してさ。……そんな男はじめてだったから、びっくりしちゃって」

会うなり賞賛の目を向けられるか、あるいは性的な目で見られてばかりいた和以にとって、まるっきりこちらのことを無視する健児が新鮮だったらしい。

「で、まあ、かっこいいし、頭いいし、背も高いし、仕事できるし。条件いいよなーって。あとセックス強そうだったし」

「あんたエロい目で見られんのイヤなくせに、スケベだよなあ」

「垂れ流しはやなんだよ。ストイックな男の色気が好きなの」

ふふ、と微笑んで、和以は健児の頬を撫でてくる。湯上がりの湿った肌は相変わらずなめらかで、ローブの隙間にできたかげりが、赤い乳首をいやに扇情的に見せた。

「でもね、いいなって思ったのは、おれのことまっとうって言ってくれたから」

いつのことだ、と健児が顔をしかめる。「最初の夜」と言って、和以は健児の唇を撫でた。むずむずする感触に我慢ができず、親指に歯を立てる。和以が目を潤ませ、ちいさく身じろいだ。

「まっとうに働いてんだから、学歴とかべつにいいだろ、って。あれすごい嬉しくて」

「……その程度でか？」

「うん。あと、変態に好かれるのはおれのせいじゃないっても、言ってくれただろ」

そんなさもないことだとはいえ、和以には嬉しい言葉だったという。

理由は、いままではわかる気がした。彼に魅了されつきまとった連中はどいつもこいつも「おまえのせいで」と繰り返し言い訳をした。岩波もしかり、田野口もしかり。

おそらく、幼少期から和以を性的対象と見てきた者たちのほとんどが、同じことを言ってのけたのだろう。

たしかに、目がくらむのもわかる。じっさい、会話をしながらも健児はかなりギリギリだ。至近距離であまいにおいをまき散らす和以は、毒でもある。それでも襲いかからずにいるのは、いままで彼をとおりすぎた男たちと同列になりたくないという気持ちと、そうあっさり陥落させられるのは不愉快だという、意地でしかない。

そんな複雑さを知ってか知らずか、和以はふわふわと微笑む。

「おれわりと神経太いしさ、鈍感なんだとは思うんだよね。でも傷つかないわけじゃないし、なにも感じないわけじゃないんだ」

「そりゃ、そうだろ」

「顔きれいで、それなりに得もしたけど、そのぶんやなこともあったしさあ。モデルとかだとやっぱ、世界が派手なぶん、あれこれあって。ふつうの人生やりたいなあって」

和以は、かつて彼が味わっただろう人生の重さを〝あれこれ〟のひとことで終わらせた。それ以上を語るのは彼の流儀ではないのかもしれないし、思いだしたくないということかもしれない。

ただ、和以が口にする「ふつう」という言葉はとても尊い、大事なものなのだと、その声でわかる。おそらくそれは普遍という意味なのだ。幼いころからひとと違い続けた彼が、どうしても欲した、なにげないもの。

「市井《しせい》の人、ていうの？　そういうのがおれにとってはさ、ドラマとか映画でしか知らない世界だったんだ。ごくふつうに毎日、同じコト起きるのって、どんな気分かなあって……学校にいって買い食いして、青春して。そのあと大学どこにするか悩んで就職して……」

大抵の人間が、平凡すぎてつまらないと嘆く人生。それをまるで夢のようなできごととして和以は語る。

「だってきょうと同じあしたがくるって、すごいことだから」

店の名前を《藪手毬》にしたのも、ちいさくてかわいい、自然の花だったからだと彼は言う。

「ああいう、素朴でちんまりかわいいのって、あこがれなんだよねえ。ほら、おれ、どっちかっていうと薔薇《ばら》じゃない？」

「自分で言うか」

「言うよ、だっておれは、おれをわかってるし……ああいうのにはぜったい、なれないから」

ほんの一瞬、和以は頬に長いまつげの陰を落とす。青みを帯びたまぶたが、やけにはかなげに見えた。

じっと見つめていると、彼はいつものように、婀娜《あだ》っぽい顔をしてみせる。

「だから健児くんの好きな子見て、ちょっと腹たっちゃった。ほんとに藪手毬みたいな子なんだもんなあ」

肩に載せていた脚を落とし、腹を蹴りつけてくる。その足首をつかまえると、和以はうなだれた。

「藪手毬の花言葉知ってる？　……わけないか。それもすごいかわいいよ」

――わたしを見捨てないで。

そっとささやくように、和以はつぶやいた。

「見逃されちゃいそうなくらい、ちっちゃい花だからかな。けなげだよね。……健児くんはそういうの、好きだよね。護ってあげないといけない子」

うたうような声が紡がれるたび、健児の胸がぎちぎちと、なにかに締めつけられていく。自分で言うように、大輪の薔薇のような存在なのに、いまの和以はそれこそ、ふれたらもろく散ってしまいそうな、そんな気配がした。

そうやって健児のなかにあるものを、根こそぎつかもうとしているくせに、まるで自覚のない和以はうなだれたままつぶやく。

「……ねえ、だめかな?」

「なにがだよ」

「おれの彼氏にちゃんとなるの、だめかなあ」

ほっそりした首が頼りなさそうで、驚いたことに今度こそ、間違いようもなく胸が熱く、痛くなった。

もうずっと、陽気で軽くてのんきでてきとうな和以が、とんでもなくはかなく見えている。大間違いだ、錯覚だと自分を殴りたいのに、何度まばたきをしても彼のまわりだけが光って見えるような感覚が、去っていかない。

(瞳孔開いてんのか、おれは)

健児はシーツに膝を突く。距離を詰められると和以は逃げる。にじり寄り、すこしずつ近づいて、じわりじわりと追いつめた。

「だからなんで、彼氏にしてえんだよ」

「もう言ったじゃん」

「条件だけな」

詰め寄りながら、自分もかなりずるいことはわかっている。それでもいまが勝負だ。この薔薇の女王のような和以との関係で、さきに折れたらとんでもないことになる。

じりじりと追いつめ、和以がベッドサイドの壁まであとじさった。そこに腕をつき、逃がさないよう閉じこめながら、見おろす。

壁についた腕のなか、和以が見あげてくる。あと数センチの距離を詰めるかどうするかは、今後の流れ次第だ。

「言えって」

顔を近づけ、吐息まじりの声でささやいた。落とすときの声を自分が使っている事実に嗤ってしまいそうになる。だがここで使わなければどうすると、開きなおってもいる。

「……健児くん、その声エロくてずるい」

「ちゃんと言わねえなら、おれも返事しねえけど?」

はぐらかしをさらにはぐらかす。むう、と口を尖らせた和以は、いつもの妖艶さをどこにやったかという子どもっぽさで吐き捨てた。

「……好きだからですー」

よもやそうくるとは思っておらず、健児は思わず噴きだした。

「色気ねえな、なんだそりゃ」

おそらく、言われたこともなかっただろう言葉に和以はかっと頬を染めた。めずらしい表情がおかしく、腹からの笑いがこみあげてくる。

「だって告白とかしたことないし！　どんな顔すりゃいいんだよ！　ていうかそっちこそなんなの、おれのことどう思ってるわけ⁉」

キレた和以を、健児は腕のなかに閉じこめる。

「ちょ、も……っへん、じっ」

「あと」

そしてじたばたともがく身体を押さえつけ、舌の根が痛くなるほどのキスをした。最初はうめきながら背中を殴ってきたけれど、暴れる動きを利用して脚を開かせ、執拗《しつよう》に舌を舐めしゃぶり、はだけたローブの隙間に手をいれたところで和以が陥落した。

「……やー……っ」

「ほんと乳首弱いな」

ちょっとあきれるくらい、過敏な弱点だ。指でつまんでころがしただけで、腰を波打たせている。

「誰に開発されたんだよ、ここまで」

「そ、んなの、されてなっ……あっやだ、嚙んじゃだめ」

だめ、と言いながら、胸に吸いついた健児の頭をぎゅっと抱きしめる。薄い胸が痙攣して見えるほどの鼓動の速さに、こちらまでつられて心拍数があがった。

「け、健児くん、ほんとにやだ……」

「なんでだよ、これ好きだろ」

歯に挟んで舌でいじめると、長い脚を健児に絡めてすがりつく。あ、あ、と細い声をあげては髪に指を絡め、くしゃくしゃとかき乱しながら腰を振る。

（いれてえな）

つながって、このどろどろした熱を彼の奥に吐きだしたい。いままででいちばん欲情している、けれど同時になにか、もっと違うものを求めてもいる。

左胸のうえにきつく吸いつき、痕《あと》を残した。ただの鬱血《うっけつ》で、なんの意味もない。なのにこうも満たされた気分になるのはどうしてか、もうさんざんに考え尽くして疲れたほどだ。

それでもやはり、自分から折れたくはない。

「なあ、とりあえず、くんってつけんのやめろ」

「なん、で？　かわいいじゃん」

「似合わねえだろが」

そのミスマッチを和以がひそかにおもしろがっていることくらいは知っている。だがどうにもキャラではないし、むずむずしておさまりが悪い。

「呼ぶのやめたら、彼氏になってくれんの？」

「ああ」

「……健児？」

見慣れた色っぽい顔と、艶《つや》めいた声。けれどほんのすこしはにかんだような色が載るだけで、ここまで破壊力があるとは知らなかった。

ぐっと喉が圧迫されたような気がして、声が絡む。

「んじゃ、なってやるよ。彼氏」

言ったとたん、それこそ花が開くように和以が微笑んだ。

思いきり上から目線で告げた言葉に、まさか和以がこうも無邪気なほど嬉しそうに笑うなどと――そしてうっかりそれにときめく自分がいるなどと、完全に健児の想定外の話だ。

「……ほんと？」

「嘘ついてどうすんだ」

「うん、健児くんは嘘つかないけど、でも、……ほんと？」

手のひらをあてがった薄い胸が、壊れるのではないかというくらいに激しく鼓動している。

またつられた、と舌打ちしそうになりながら、健児は彼の胸に顔を伏せた。

「健児？　なに？」

「……おかしいだろ、これは」

「なにが？　ねえ」

和以の顔も身体もきれいだと思うし、それは否定しない。色気も、この自分が振りまわされる程度には垂れ流しだ。

それでもどうしても、これを――かわいいとだけは、思いたくない。

「ね、健児、どうしたの」

「……うるせえ」

「え、うるせえってなんで。ていうか、どして耳赤い――」

これ以上追及するなと、健児は熟れた唇をふさぐ。和以がキスにも弱くてよかった。舌先をしごくようにしゃぶりながら胸をいじると、もうすぐにめろめろになって崩れていく。

「いいからもう、黙ってやらせろ」

きつく耳を噛んで告げると、和以はひゅっと息を呑み、潤んだ目でうなずいた。

けれどその細い指がくるむように健児の耳へとふれてきて、案外と隠せていない自分が、そしてこういうときだけおとならしく、見ないふりをする和以が、腹だたしかった。

＊　＊　＊

舐めるのが好きだという和以だったけれど、いままで彼にしてもらった愛撫は正直、いいと思えたことがなかった。

たぶん健児の好む強さに対して、和以の口腔《こうこう》の力は弱いし、舌もやわらかすぎるのだ。けれど、それはそれで違う楽しみかたもあることを、この夜の健児は発見した。

「ほら、もっとがんばれって」

「……っ、んむ……っ」

「腰、ぐでぐでになってんだろ。ちゃんと膝たてとけよ」

ぴしゃりと尻をたたけば健児の股間のあたりで「んんん！」と抗議の声があがる。おそらく、うちがわに伝わった振動が刺激になったのだろう。尻をたたいたのとは逆の手、そのうちの指が二本、垂れ流れるほどに含ませたジェルにまみれながら和以のなかを出入りしている。ときおり、自分の顔をまたいだ腿に歯を立てたり舐めたりしながら執拗に和以をいたぶむと、苦しげな声があがった。

「んあ……も……っ、もう、もうっ」

必死になってしゃぶっていたものから顔をあげ、いつもの余裕はどこへやら、泣きべそをかいた和以が「もう無理」と泣きついてくる。

「無理じゃねえだろ、やれよちゃんと」

「やだ……無理……っ」

「じゃあこっちがやる」

指を深くいれたまま、頭上で震えているものの根本に軽く歯を立てた。ひ、と身をすくめた和以は、尖らせた舌でいたぶるように性器を舐めあげてくる健児のペニスを握りしめ、肩で息をする。

「も、やめ、やめ……っ」

しまいには力をなくして、ぺたりと健児のうえにへたりこんでしまった。なめらかな頬が下生えにふれているのもかまわず、和以はひくひくと喉を鳴らし続ける。

「おい、へばんのはやくね?」

ふだんより敏感すぎる反応に、健児はいぶかしんだ。

「だっ……刺激、強すぎ、……っあああ!」

いままで、自分からするのが好きだという和以に、この愛撫を返したことはなかった。せっかくならもっと味わえと指を動かせば、あまったるい声であえいだあとにすすり泣く。

予想外の反応に、健児は面食らった。

「なんなんだよ、和以。はじめてやってやってんのに。もうちっと愉しみゃいいだろ」

どうかしたのか、というくらいに痙攣する身体。あまりに強すぎる反応に、若干引き気味になって問えば、和以は髪を振り乱して「無理」と言った。

「だって、健児が舐めてくれるとか、そんな……」

声をつまらせ、何度も苦しげな息を吐く。いまさら純情ぶるガラでもなかろうに。そう思って身を起こし、和以のしたから抜け出した。ぐったりしたままシーツに横たわる顔を覗きこむ。

「なんだよ、いやなのか、よ……」

そこで健児は、見たこともないほど恍惚《こうこつ》とした和以の表情を見つけてどきりとした。

潤んだ目をなかば閉じて、けぶるようなまつげの隙間からぼうっとこちらを見ている。浅い息を吐く半開きの唇は、さきほどまでくわえさせられていたものの摩擦で真っ赤に腫《は》れ、せつなそうに寄せられた眉は淫靡そのもののかたちをしていた。

（なんだ、これ）

いままでもさんざん、媚態も痴態《ちたい》も見せつけられてきた。けれど、どこか陽気に感じるほど奔放な和以のなかに、この、胸苦しいような色を見つけたことなどなかった。

さきほど感じ、必死に否定しかかった感覚がまたこみあげてくる。ほんのわずかでもふれかたを間違ったら、目のまえのきれいなものが崩れてしまいそうな怖さ。

ぶるり、と健児は震えた。違うだろう、とそう自分に言い聞かせるのに、伸びた腕は震え続ける和以の肩にふれ、そっと、まるで慈しむように撫でる。

それだけでまた和以は震え、「健児」と細い声で名を呼んだ。

「なんだよ」

「健児……」

せつなげに言って、和以は腰をゆらりと蠢《うごめ》かす。言葉でなくうながすのは、うちがわの粘膜もまた同じだった。なにをどうしたらこんな動きができるのかとなかば霞《かすみ》のかかった頭で思う。

「どうしてえの」

やさしく、大事なものへとふれるように肩を撫でながら、乱れて濡れた身体の奥の指がぐじゅぐじゅと激しい音を立てている。

「ああ、あ、も……ああっ、ああっ」

和以は肩をすくめ、身体をまるめ、そしてのけぞり、かぶりを振って脚を閉じ、そのあとで開く。声は徐々に高くなり、途切れる感覚が短く、湿った響きになる。あの和以が、指さきひとつでここまでのいろんな顔をみせる。猛烈な優越感と支配欲が健児を興奮させた。

「なあ和以、どうしたい」

覆い被さり、彼のせいで興奮したものを顔のまえに持っていく。もうろうとした顔のまま、力のはいらない手でそれを握りしめた和以は、またあのへたくそな舌で健児を舐めた。

「んんんう、んっんっんっ」

ぬるぬると舌が這うたび、とうに覚えた和以の弱い部分を指の腹で押さえ、小刻みに震わせて刺激する。せつない声をくぐもらせ、はしたなく腰を振る彼を見おろしながら、健児は三度「どうしたいんだ」と問いかけた。

顔を唾液《だえき》と健児の体液で汚した和以は、せわしなく唇を舐めながらようやくせがむ。

「いれて……」

「上品ぶってんじゃねえよ、いまさら」

「……んぁあ！　やあっ、も……っ！」

深く押しこんだ指を持ちあげるようにすると、和以の喉から濡れた声が走った。その反応に健児がにやりとすると、とろけていた目をつりあげ、手にしたものをきつく握りしめてくる。

「いてえよ」

「も、指やだ、……やだ、から、ねえっ」

悔しそうに涙目をゆがませ、半身を起こした和以はその手を上下に動かしながら、自分の腰をくねらせる。

「もう、突っこめよ！　健児の突っこんでっ、犯して！」

「っはは、ＯＫ」

やけくそのような叫びは、せっぱ詰まっていた。軽く身震いして、健児は指を引き抜き、乱暴に和以の身体をシーツへと突き飛ばす。

「うあっ」

驚いて反射的にもがく背のなかほどに手のひらを置き、腰だけを浮かせた。ひくついている狭い場所は、さんざん指でほどかせ、濡らし、開いた。先端を押し当てただけで、はやくと言いたげに吸いついてくるのを焦らし、全容を知らしめるように尻の狭間《はざま》をすべらせる。

「や、や、はやく、はやく」

ついには言葉でせがみ、何度も尻を上下させる和以に「すこし待て」と意地悪く言った。

「ゴムつけてねえよ。わかんだろ」

「いい、もう、いっつもなかでだすじゃん……っ」

次第にいらだったような声で腰を揺すりだす。和以はふだん、ぼやっとしているくせに、快楽にだけはせっかちで急ぐ。それがおかしくて、またそそる。

「もう、はやく……」

和以は本当に苦しそうに言って、枕に噛みついた。本当はいますぐにも深くはいりこんで、めちゃくちゃにしてやりたかった。健児のものも限界に近く膨張して震えている。

それでも、確認したいことがひとつだけあった。

「なあ、和以」

「なんだよもう！　やんないなら――」

「おまえなんで、おれといるときはセックスしなくても眠れんの」

じたばたしていた手足が、ぴたりと止まった。そしてみるみるうちに、背中からうなじにかけての肌が赤くなる。

「お……」

あまりにもあざやかな反応だった。思わず感嘆の声を漏らすと、枕に顔を埋めた和以が、くぐもった声で問いかけてくる。

「……それ言ったの、仁千佳？」

「まあそのへん」

「そのへんって、どうせそんなこと知ってるのあいつしかいないし……」

「つうか、なんでそんなに赤くなってんだよ」

顔見せろ、と抱きついていた枕を奪う。和以は「あ」と彼にしてはめずらしいうわずった声をあげ、そのあときょろきょろと周囲を見まわした。

「なあ、なんでなんだ」

「しないなら、もう……」

健児は背中にのしかかり、逃げようとする彼をつかまえる。あきらめたのかなんなのか、和以はため息をつき、健児はそれを無視した。

「答えたら、めいっぱいやりまくる。おれもきついんだよ。答えてはやく、いれさせろ」

ぐっと押しつけて、滲んだものをなすするように動かすと、肩越しににらんでいた和以の目が潤みだす。表情がとろけ、すこし悔しそうに唇を噛んだあと、ちいさな声で言った。

「寝てるとき、とか、無防備で怖い、から。起きると、どこにいるかわかんないことあるし、……なにするか自分でも、わかんないし」

「ああ……それで？」

もうそれは知っている。そのさきを言えとうながせば、和以はなぜか悔しそうな顔をした。

「だからセックス好きだった。したら、そういうの考えないでいいし、疲れて眠れるし。……でも健児、しないって言ったし」

首筋に手を伸ばし、うなじを包むようにふれる。軽く力をいれて、けれど決して傷つけないと教えるようにやわらかく揉むと、和以がほっと息をついた。

「アパートにいった夜、正直、眠れないかなと思ってた。けど、あの布団、健児のにおいしたから。あ、健児の家だって、なんか安心して」

枕に逃げることもできず、肩をすくめた和以は交差した腕で顔を覆い、熱っぽい息を吐きだしながら、言った。

「そしたら……寝てた。ぐっすりで、自分でびっくりした……」

その瞬間、健児はわけのわからないなにかが胸のなかでぐうっと圧をあげ、爆発的に広がっていくのを感じた。

「っくっそ！」

「あ……えっ、え？　あ、ん――……っ！」

強引に腰を持ちあげ、ぴたりと押しつけていたものに体重を載せる。もう限界まで待ちこがれていた身体は、あっけないくらい健児の蹂躙《じゅうりん》を許し、和以はぽかんとしたままいきなりの挿入を受けいれた。

「え、え、なんで？」

「なんでじゃねえだろっ」

そのまま腰をつかんで、和以の身体ごと揺さぶりながらめちゃくちゃに突きいれると、切れ切れの声が混乱を伝えてくる。

「やっやっ、なんで？　なんでぇ？　健児、なんか、すご……っ」

驚いてこわばっていた粘膜が、動きだしたとたん瞬時にとろける。きゅうっと絡みついてくる濡れた肉に歯を食いしばり、健児は胸のなかで意味もなく罵声《ばせい》を吐き捨てた。

（ああ、まったく、くそったれ）

なにも気にしていないようで、本当は他人のまえで眠れないほど警戒心が強い和以が、健児のテリトリー内で思いきり、ゆるんで眠った。無防備にすべてを預けて、においに安心したと、まるで子どものようにたどたどしく打ちあけられたことで、なぜこんなに欲情したのか健児にもよくわからない。

ただ、繰り返し頭のなかで叫んでいる言葉を、食いしばった歯の間から押しだした。

「なあ、もうおまえ、おれんだろ」

びく、と和以が震える。粘膜の痙攣がひどくなり、脚の間をさぐると、萎えているくせにどろどろになったものが健児の手を濡らす。

腰を打ちつけ、彼の体液で湿った指を胸に滑らせた。乳首を両方同時につねりながら腰をまわすと、「ふぁああ！」とかすれた声をあげた和以が一瞬硬直し、そして崩れ落ちる。

「あっ……あっ……」

うつろな目であえいで、全身を不規則に痙攣させる和以のなかが、さきほどよりまたやわらかくなった。

「なかイキした？　それとも、乳首？」

「んっむ……んっ、んっ」

うしろから顎をつかみ、ゆるんだ唇に指を含ませる。とろりとした唾液がたまったそこは、ちからなく健児を受けいれ、弱く舌が絡んできた。

「舐めんの好きなのは、ご奉仕したいからじゃないんだよな？　おまえ、これ好きだろ」

「んうう！」

指先に舌をつまむと、またさきほどと同じくらいに身体を跳ねさせた。

「舌でも、いくもんな。うん？」

三本の指をくわえさせられたまま、和以は泣いていた。ふう、ふう、と息を切らし、とろとろに溶け切った身体のあちこちに健児をいれられて、犯されて――嬉しそうに震える。

左手の指は唇におしこみ、右手は長いそれを使っていっぱいに広げ、両方の乳首をとらえてくすぐる。そのまま健児が腰を振りはじめると、和以のくぐもったあえぎはもはや悲鳴に変わった。

（やばいわ、これ）

健児の背中を走る快感も止まらない。腰骨から脳にかけて、激しいパルスが何度も突き刺さり、指のさきまで痺《しび》れている。たとえば和以の口を犯す指、いまこうして彼の身体に挿入していなかったとしても、これだけで絶頂を迎えそうなほどの快感を味わっている。

「きっちいな、まじで……っ」

うめきながら口角があがった。和以のなかが狭くて、正直言えば助かっている。強烈すぎる官能に負けそうになりながらも、逆に射精はコントロールできた。

だが、健児の声を聞いた和以が泣き濡れた目で振り返り、言いはなった言葉に、そのコントロールすら怪しくなる。

「け……じが、そ、れ」

「んあ?」

「健児、くん、おっき……いつも、よりっ……おく、き、きてて……っ」

すすり泣いて、和以はうわごとのように言った。

「よす、ぎて怖い……っおれ、も、こわれちゃ、から」

――こわい。もう許して。

彼と身体を重ねるようになってはじめて告げられた弱気なつぶやきが、完全に健児の理性を食らいつくした。

「……くっそ！」

「あっあっ、や……つよ、つよいっ」

「おまえわざとだろいまの、なあ⁉」

違う違うとしゃくりあげる腰をつかんで、もう獣の動きそのもので食らいつくした。和以の悲鳴が耳にあまく絡み、自分の鼓動と血の流れる音、そのノイズをかき消していく。

視界が狭まり、思考力が低下する。ただ腕に抱《いだ》いている存在のこと以外なにも考えられなくなり、健児は口走っていた。

「……おれのだ、和以」

「んんん！」

「おれのだろ、ぜんぶ」

浮きだした肩胛骨《けんこうこつ》を指で撫でたあと、身をかがめて骨に噛みつく。ひう、とのけぞって叫んだ和以の下肢《かし》が痙攣し、健児を食いしめた粘膜が絶妙に震えた。

羽根をむしられたようなかたちの骨のうえに、健児の噛みあとが所有印のように残される。赤い疵《きず》を舌で撫でて、健児は揺れる身体にささやいた。

「おれを好きだろ」

「ん、んっ、んっ」

こくこくとうなずいた和以の顎をとって強引に振り向かせ、きつい角度のキスを繰り返した。唇がうまく噛みあわず、お互いに舌を伸ばして必死に舐めあう。こんな動物的なくらいに欲しがって、もうどうにかしていると思う。

「ちゃんと言え」

「んあう！」

唇のとどかなさがもどかしく、強引に脚をつかんで、挿入したまま身体を裏返した。ぐるりと粘膜がよじれてまわり、正面から抱きしめなおした和以のペニスが、うなだれたまま吐精するさまを目の当たりにする。

「あ……う……っはあ、あ……っ」

揺さぶる身体から、骨がなくなったかのようにやわらかい。声もろくにでないのか、低くうめいてときどき咳《せ》きこみ、それでも和以はしがみつく腕をほどこうとはしなかった。

突くたびに、言えとうながす。そうして彼はやっと、かすれた喉であまく叫んだ。

「す、き……健児、けんじ、好き……っ」

言うたびに内圧が高まり、和以の鼓動が乱れるのがわかった。たった二文字、けれど大きな言葉を繰り返すたび、褒めるように舌を舐めてやると、和以は身も世もなく乱れ、そのうち本当に泣きだした。

「け、んじ……ちょ、だい、なか、ねえ、なか……っ」

うわずった声でせがむ和以の言葉に、脳が真っ赤に焼けるような気がした。なめらかな肌を抱きしめ、きつく狭まる身体の奥へとすべて押しこむように、健児はのしかかる。

そしてふと思った。組みしこうが、抱きしめていようが、おそらく捕まえられているのは健児のほうで、ものにされたのもまた、自分かもしれない。

そうでなければ、涙まじりのあまったるい吐息ひとつで、こんなに心が乱れるわけがない。ぬかるんで熱い粘膜をこすりつけあっているだけで、こうも感じて、おかしくなるわけがないのだ。

「っ！　あ、や、だめ、いまだめ、そこ……」

「だめ、じゃねえだろ」

「だめいく、ほんと、ほんとにだめ、やっやっやっ……！」

和以の身体が不規則に痙攣している。息苦しそうな唇にもう一度嚙みつきながら、つながることに夢中でかわいがってやれなかった胸を両方の指でぎゅうとつかみ、腰をまわす動きと乳首を転がす動きをあわせながら、薄い耳に嚙みついた。

「あ、——……！」

びくびくびく、と和以のうちがわが波打って、熱っぽい息がこぼれていく。引きずり込まれるように健児もまた、最後の堰《せき》を開けはなった。

獣のように喉が鳴り、歯を食いしばる。放埒《ほうらつ》が彼を犯しているのか、それとも吸いだされて取りこまれているのか、なにもかもわからなくなるような猛烈な快楽が健児を満たす。

「すげ……」

放心したように健児がつぶやく。身体のしたでは、まだぜいぜいと息を切らした和以が震えながらぐったりと横たわっていて、乱れた前髪に隠れている目をさがそうと髪を梳いた。

涙で重くなったまつげがそよぎ、ゆっくりと開く。苦しげに寄った眉はせつなげで、紅潮した頬は手のひらに吸いつくようだった。

無意識に、指先が目尻をぬぐう。まつげに絡んだ水滴をそっとはじくと、ほっとしたように息をついた和以が手のひらに頬をこすりつけ、くぼみを舌で撫でてきた。

（なんだ、これ）

たったそれだけで、彼のなかにいる健児は一気にこわばり、腰が勝手にまえへと進む。反射的な動きに、和以も「あっ」と短い声をあげ、目を閉じるとゆるやかに腰をそらした。

密なまつげをそよがせながらふたたびゆるりとまぶたを開ける。そして、ほんのわずか開いた唇で、微笑んだ。

けんじ、と声をださないまま名前を呼ばれ、背筋がぞうっと震える。

「……もっと、したい？」

「てめ……」

「おれのこと好きって言ったら、してもいいよ」

和以は一度、まばたきをしただけ。その強烈な吸引力に健児はついに屈した。ちくしょう、と拳を握り、それでも言うなりにだけはなってやるかと歯がみする。

「……完全におれの頭は腐った」

「なにそれ、こんなときに――」

「あんたがかわいく見えるとか、神経がどうかしたとしか思えねえだろ」

むっとしていた和以が、瞬時に目を瞠る。そしてあろうことか、じわじわ赤くなるから本当にタチが悪い。

「け、健児、恥ずかしい」

「るせえ。てめえこそ、この程度で赤くなんな」

「ちが、健児が、じゃなくて、あの……」

あの、と言って、和以はあからさまにうろたえ、「え、あれ」とつぶやいた。そしておたつくように意味もなく手を動かし、しまいには口元を覆う。

「ちょ、ごめ……ほんとにいま、恥ずかしくなった……」

耳から首筋まで真っ赤になって、目を泳がせている。

健児のなかにまたあの、凶暴でどうしようもない熱がこみあげてくる。

殴ってやりたいのかねじ伏せたいのか——かわいがりたいのか大事にしたいのか、ぐちゃぐちゃの感情は本当に、どこに置いて整理すればいいのか判別がつかない。

「あんたほんっと、意味わかんねえな！」

「なんで怒鳴るんだよ！」

「知るか！」

もうなにもわからないまま、健児は細い手首をつかんで押さえつけた。

そして結局したいことをすると決め、赤く濡れた唇をふさいで、ふたたびの行為におぼれる。自分の放ったものでめちゃくちゃになっている場所を、さらにめちゃくちゃにしてやると、すっかりくせになったらしい和以が泣きよがりながら「好き」を繰り返し、おかげで、ちょっとおかしいくらいに際限のない夜になった。

つながった箇所から広がる熱は全身を犯し、どこまでもあまい泥濘《でいねい》に、ふたりで沈んだ。

＊　＊　＊

『もう一匹のストーカー、さっき和以くんのマンションに忍び込んで、捕まったよ』

——という連絡が健児のもとにもたらされたのは、岩波が逮捕され、健児と和以がただれきった夜をすごした、その数日後のことだった。

「さっきって、この真っ昼間にか」

『うん。まんまとエサに引っかかってくれたみたい』

どこかしら満足げに言う仁千佳の言葉に、健児はなんともつかない表情になった。電話をする健児の足下にぴったりとくっついた和以は「どうしたの」と言いたげに首をかしげる。

「捕まったってよ、例の盗撮犯」

「え、もう？　はやいね」

岩波の一件があったあと、和以と健児は彼らのマンションでもアパートでもなく、マンスリー契約のマンションへと宿を移していた。以後、《藪手毬》も臨時休業として、ひたすら待機。

その間、創十郎が懇意にしている仲手川《なかてがわ》手警備保障に協力を求め、不法侵入について知らせるシステムをセットしておいたところ、四日目になってしびれを切らした実行犯がまんまと引っかかってくれたらしい。

「罠仕掛けてるとか、わかんなかったのかなあ」

「岩波の話もおおっぴらにはしてねえし……って、こら」

言いながら、和以が股間にいたずらしてくる手を止めさせる。ふふふ、と笑った和以の声になにを察したのか、電話口の仁千佳の気配が冷ややかなものになった。

『あのさー、まじめな話してるんだから、いちゃつくのやめてくれる？』

「……いちゃついてねえよ」

健児がうなるように言うと、和以が受話器を押しつけたのと逆の耳に噛みつきながら「エッチしてるだけだよね」と吐息だけでささやいてくる。次の瞬間、仁千佳のいらだった声が健児の鼓膜を突き刺した。

『ねえあのさ、この電話、感度いいから！　聞こえてるから！　ていうかその部屋借りたのは、そういう意図じゃないからね⁉』

「わかってるっつうの！　てかやってねえよ！」

一応は着衣だ。健児のデニムカーゴのファスナーは開いた状態で、和以のシャツは肩から脱げている状態でも、いまのところ最中ではない。

『……まだ本番じゃないってだけの気がするけど、まあいいや。本題ですよ』

頭痛を覚えているかのような声で仁千佳がうめき、そのあとは淡々とした報告になった。

『捕まった実行犯は、あんまり評判よくない調査会社の調査員だった。部屋のなかの盗撮カメラと、レーザー盗聴器仕掛けてたのもこいつだったたって』

『目的は？』

『シンプルに、お金』

こちらは完全に、モデル時代の和以の変質的なファンから依頼されての盗撮・盗聴行為だったらしい。それも依頼者は複数人で、ネットのコミュニティを介して同士を募り、寝姿や着替えなどを盗撮して愉《たの》しんでいたという話を聞かされ、健児はめまいがした。

「それって、念のため聞くけど、江別さんとかとは」

『……べつのコミュだったみたいだね』

心なしか、仁千佳の声も疲れている。健児はなんとも言えない気分のまま、ぺったりと自分の膝に張りついている和以を見おろした。

「なあ……あんた、どんだけ変態に好かれてんだ？」

「えー、そんなこと言われてもわかんないよ」

それもそうだった、とうなだれる健児の耳に、『ひとごとみたいに言ってるけどさあ』という仁千佳の声がした。

『今回の件、岩波もそうだけど、トリガーはぜんぶ健児さんみたいだよ？』

「……はあ？」

『和以さまに男ができたなんて、許せないと思って行動を見張ろうと思ったんだってさ』

またそれか、と頭を抱えつつも、健児は納得できないとうなった。

「つか、なんでおればっかだよ。いままでもいただろうがよ、彼氏とか」

『えーと……』

なぜか仁千佳は言いよどむ。その後、もそもそとくぐもった声が聞こえたかと思うと、あとを引き取ったのは電話を替わった創十郎だった。

『和以が部屋に連れこんでまでセックスしたのが、おまえだけだったからみたいだぞ。おまけに一年以上も続いたし、こりゃ本命だろうってことで盛りあがったみたいで』

「ああ、そう……」

なにがどう盛りあがったというのか。そしてどこまであけすけなのだろう。なぜ雇用主とセックスの話などせねばならない。だんだん意識が遠くなりながらも、健児はよもやの——そしてかなりの確率でなされているであろう可能性を、問いただした。

「つか、それも盗撮されてたとか言いますか……」

『たぶんな。そっちもこれから押収すっから。安心しろ、和以サマのどんなお姿も自分たちだけのものにしたい、っつう異様に結束の硬いコミュニティだったらしくて、流出だけはないぞ』

創十郎はちっとも安心できないことを告げ、とりあえず和以の部屋と《藪手毬》についてはあらためて防犯システムを整えるため、当面は戻れないことも通達された。

『店はもうちょいしたら開けるかもだけど、マンションはちょっと工事がいるから、しばらくかかる』

了解しました、と力なくこたえ、健児はじゃれついてくる和以の頭を腹だちまぎれにたたいた。「イタイ」と顔をしかめるけれど、これくらいですませているのは温情だと思ってほしい。

「その件は、警察とかには？」

『言ってもめんどうなだけだし、せいぜい住居侵入程度の微罪しかつかねえからな。とりあえず、そっちについては江別がつぶしにかかっておくって言ってたんで、任せようかと。あれだな、どこの世界もファン同士の掟《おきて》ってのは厳しいらしくて。へたに法でさばかれるよりきついお仕置きがあるみたいだな』

健児は「そりゃ安心かもな」とうつろな声でつぶやいた。

どこでどのようなルールがあり、お仕置きになるのかまでは知りたくもないし、知ってもおそらく理解できないだろう。

「もう、そっちについてはお任せしますって、江別さんに伝えてください……」

『了解した。おまえは和以、頼むわ』

さらりと言われた言葉に、健児もまた短く「うす」と返す。その返事が気にいったのか、創十郎は妙に機嫌よく笑って、電話を切った。

「はー……」

通話を終えた携帯を投げだし、健児はばたりとベッドに倒れこむ。猫のように四つんばいで近づいてきた和以が「だいじょうぶ？」と覗きこんできた。

「誰のせいだ、誰の」

「おれかな、ごめんね」

和以はすこしも悪くなさそうに小首をかしげ、ぺたりと身体のうえに乗ってくる。

申し分なくきれいな顔と身体は、抱き心地も完璧だ。気分的には萎えきっているというのに、中断した行為にくすぶっている熱は、やわらかな髪が首筋にふれただけであっけなく再燃する。

「……この部屋は盗聴とか平気だろうな」

もうなにも信じられないままうめいた健児に「変な感じはしないけど」と和以が答え、肩を撫でてきた。

「でもおれ、健児としてるとこなら見られてもいいよ」

「なんでだよ。やだっつうの」

「だってすごい幸せだから、見せつけたい感じ？」

「冗談でもやめろ」

自分のうえに乗った和以の腰を抱き、露出趣味はないとうめきながら脚までを撫でる。軽く腰を揺すってうながしてくるはた迷惑な彼は、鼻先を健児のそれにこすりつけ、言った。

「あ、でもやっぱりやだ。してるときの健児、すごいかっこいいし。あれほかのひとが見るのはやだな」

「……おい」

「言っておくけどね、おれすっごい嫉妬深いからね？　浮気とかだめだから。ほんとは健児がモテてるのも気にいらないから」

ちょっとすねたような顔になる彼を見あげ、どの口で言うか、と健児は顔をひきつらせる。変態だの犯罪者だのトラブルに愛されまくっている和以とつきあうにあたり、おそらく今後、健児の平穏な生活は望めないだろう。

だから、すこしくらい、自分のなかに隠しておきたいものがあってもいいはずだ。

「ね、いつになったら好きって言うわけ？」

「さあな」

「愛してるでもいいいんだけど」

「あほかよ。死んでも言わねえ」

心底いやだ、という顔で吐き捨てると、和以はむっとしながら鼻に噛みついてくる。「いてえよ！」と怒鳴って押しのければ、わざとらしいしょげた顔で腹にしがみついてきた。

「……おれのこと好きなくせに」

恨めしげに和以がつぶやき、健児は無言で額をたたく。ちょっと本気で怒った目をする和以には、あまりあまい顔を見せないでいい。

いまでさえ手にあまるのに、これでつけあがったらどうなるのか、考えるだけで恐ろしい。

否定しないでいるだけ充分だろうと、健児は彼をにらみつけた。

「ぐだぐだ言ってっと、めし作ってやんねえぞ。きょう、矢巻さんのデリバリーはねえんだから」

デリ&カフェの店長のくせして、炊事がいっさいできない和以は渋々のていで口をつぐむ。だが、離れろと引っ張ってもしがみつく手をゆるめはせず、全身を使ってあまえてくるのだ。

「おれ健児にラブレター書こうかなあ」

「なにいきなり、意味不明なこと言いだしてんだ」

「だってきみ、まじめで律儀だからさあ、返事くれるでしょ」

そしたらそれとっといて、ずっと持っておくもんね。

健児の懐でまるくなりながら、和以はつぶやいた。やわらかい髪を撫でてやると、「それずるいなあ」と言いながらうとうとしはじめる。

「エッチしたい……」

「起きてからな」

「健児くん、ぜったい手から……なんかでてるよね……」

頭頂部から耳のうしろまでを何度か撫でているだけで、和以はすうっと寝入ってしまった。ようやくか、と健児も息をつき、まるまった身体を腕に引き寄せて、息をつく。

この数日で一度だけ、和以の夢遊病にでくわした。目を開けているようで、どこも見ていない目つきをした彼は、必死になってなにかを探すようなそぶりをした。そして健児の手を捕まえたあとに、ぽろぽろと涙をこぼし、ほっとした顔でまた眠ってしまった。

「……あれ見て、ほだされねえとかも、ねえだろ」

つぶやいて、いまはおだやかに眠るなめらかな頬をつつく。

ちいさな頭を抱えこんで、やっかいできれいな、手のかかる彼がほしがる言葉を、眠る耳にだけささやきかける。

その瞬間、ちいさくほころぶ唇は、彼の好きな藪手毬の花に似ている気がした。

笹塚健児に関する報告書

笹塚健児《ささづかけんじ》という男は、見た目がとても怖い。

まず一九〇センチという、日本人ではあまり見かけない長身。すらりとして見えるけれど、それは体脂肪率が十パーセント代と、アスリートなみに絞っているからだ。学生時代から通っていたボクシングジムではプロいりをすすめられたといううわさもある。

体格だけでもいかついのに、顔。整ってはいるものの、目つきが悪すぎる。切れ長の目はいつも不機嫌そうにすがめられているのと、眉頭とまぶたの間がいささか狭いせいだ。これでいつも、にらんでいるような印象をひとに与えてしまう。

それから髪型。友人の美容師が、カットモデルを引き受ける代わりに無料にするという条件をつけたおかげで、好き放題に色やかたちをいじられているが、顔に似合うワイルド系スタイルばかり選ばれていて、いま現在はアシンメトリーなカットにアッシュグレーの色味と、これまたコワモテな印象をもたらしている。一時期、金髪に赤いメッシュのソフトモヒカンまでいったときには「さすがに怖すぎるからやめろ」と雇い主が苦言を呈したくらいだった。

なにより健児を怖そうに見せるのは、彼の全身からほとばしっている不機嫌そうな気配と、ふてぶてしい態度だろう。まだ二十代前半と若いのに、妙な貫禄がある。怒りっぽいところはあるが、どんな事態にでくわしても、動揺したりうろたえたりということはあまりない。

これはなにがしかの人生経験がなせる技というよりも、単に彼自身が子ども時代から肝が太かったというだけの話らしい。

見た目はまるっきり不良っぽいくせに、集中力が高く、頭はかなりいい。出身校である梧《ご》葉《よう》高校はかなりの進学校で、そこからストレートで合格したのはレベルの高い国立大学の法学部。法的な知識を得たかったというのが理由だったらしいが、法の番人になるよりも好き放題スリルを味わえる仕事をしたいからと、謎のなんでも屋に就職するくらいには、根っこが自由人だ。

本人も自分がひと好きのするタイプでないのは重々承知しているらしく、あまり意図的に愛想をよくしようともしない。むしろ自分から他人を寄せつけまいとしている節すらもある。

そのくせ懐にいれた相手に対しては親切で、場合によっては過保護だったりもする。ついでに言うと正義感も強かったりするので、じつは弱ったものにはやさしいし、困った相手がいると自然に手を貸すのだ。自分がそうしている意識もないまま。

「……そういう男ってさあ、モテるんだよね」

ぶすっとつぶやいた芳野《よしの》和以《かずい》に、加原《かはら》仁千《にち》佳《か》はレポートをタイプする手を止めた。

「和以くん、またやきもち焼いてんの？」

「だあってさあああ」

うだうだとする和以は、魔性の美貌と言われたことすらある美麗な顔をゆがめ、だらしなく腕を投げだしてテーブルにへばりついた。

ここは《藪手毬《やぶてまり》》のバックヤード、店では王子さまぶっている和以の素を見られる心配はない。そのためか、はたまた甥の仁千佳がいるせいなのか、和以はぐだぐだにゆるんでいる。

「毎日だよ。毎日、『もう笹塚さんいないんですか』って質問されるんだよ。しかも健児が店にいたころつきまとってたギャル系じゃなくて、わりと清楚でかわいい子からさぁ」

「ただのファンでしょ、心配することないんじゃないの」

「臨時の手伝いなんで、もう店には戻りませんって言ったら、泣きそうな顔されるしさ。あれ本気だよね絶対」

「泣きそうなって、なんで」

「なんかさーあ、変な男に絡まれてるとこ助けてもらったんだってさー。そういうヒーローっぽいことさらーっとするよね。んでお礼したいって言ったら、『いまそこで働いてるから、売りあげ協力してくれりゃいいよ』みたいに言ったんだってさ。なにそのかっこいい台詞《せりふ》」

和以はテーブルの端をつかみ、がたがたと揺らしだした。

「しかもそんなのひとりじゃないんだよね。うっかり会計のとき財布忘れて、恥かきそうになってたら『とっとくからまたくれば』とかさ。なんでそうさらっとイケメンなことするかなあ、顔怖いから、ギャップで素敵さ倍増じゃん。ねえ?」

ため息をついて、仁千佳はラップトップを閉じた。

この話がはじまると、和以は長い。そして正直いえば、うざい。

「あのさあ、ただ健児さんに片思いしてるだけのおんなのこがいたからって、なにが変わるわけじゃないじゃん」

「……でも、やなんだよ」

和以はむすっとふくれてみせる。いいおとながする表情ではないと思うけれど、和以のどこか超越した美貌は、そんな顔ですらあまい艶を滲《にじ》ませていた。

身内のひいき目を抜きにしても、和以は魅力的だ。いいかげん見慣れている仁千佳ですらも、どきっとすることがある。

(これだからなあ)

和以の容姿は本人望むと望まざるに関わらず、数え切れないほどの信奉者《ストーカー》を引き寄せてしまう。モデルなどの芸能活動をやめてからも、彼に惑わされる人間はあとを絶たない。――これにあらがえたのはおそらく、仁千佳の知る範囲ではただひとりだ。

「で、どうしたいの和以くんは」

「わかんないけど」

テーブルにべったりとなついたまま、長いまつげをそよがせる。潤んだせいであまみを増した紅茶色の目に、ふわりと紗がかかった。

「わかんないけどさあ、健児がおれだけ見てればいいのになあ……」

ふう、と漏らした吐息は、色がついているかのようななまめかしさで、仁千佳は苦笑するしかなかった。

（いやもう、ほんとに、ねえ）

――本人にとって希望どおりかどうかなんてわかんねえだろ。

かつて、周囲からよってたかって和以を頼むと言われたあげく、不機嫌そうに健児が言ったことを思いだし、仁千佳は内心でやれやれとため息をつく。

（希望どおりすぎるんだよ、健児さん）

この恋煩《わずら》いっぷりを、おそらく健児本人がいちばん知らなかっただろう。けっこうオープンに好意は伝えていたらしいけれど、和以のふだんの口ぶりでは、本意が伝わるとは思えない。そこは叔父の軽い雰囲気がじゃましているのは間違いない。

だが、和以の周囲にいる人間は、この一年半――いや、健児が《アノニム》に出入りするようになった二年以上まえから、和以がひどくそわそわしていることに気づいていたのだ。

――ねえ、あの子さ、おれが何回挨拶しても、名前覚えてくれないんだけど。

不満そうに和以が言ったとき、仁千佳はひどく驚いた。ふだん、ファンに囲まれまくっている和以こそがひとの名前を覚えず、相手を袖にしまくっている状態で、いままでつきあった男についても、仁千佳の知る限りはすべて、向こうから口説かれてのスタートだった。

和以はこれでプライドが高いし、自分に興味のない相手には興味を持たないのが常だったのに、いったいなにがそこまでツボにはいったのか不思議なほどだった。

けれど、どうして健児だったのだろう。

「……和以くんって、なんでそこまで健児さんのこと好きなの？」

ずっと不思議に思っていたことを、仁千佳は口にした。すったもんだの末、観念した健児がようやくまともに〝彼氏〟になってくれたという安心もあったせいだろう。

「なんでって……」

和以がようやく顔をあげ、ぱちりとまばたきをした。

「だって健児くん、かっこいいから」

「え、まあ、そうだけど」

否定はしないが、微妙に納得できない答えだった。たしかに健児はかっこいいと思う。だがこう言ってはなんだが、ルックスのいい男なら、モデル時代にいやというほど見てきたはずだ。頭のいい男も、性格のいい男もたくさんいたはずだ。

口にしなかった疑問は、顔にでていたらしい。ふ、と和以は微笑んだ。

「顔だけじゃなくてねーえ、ぜんぶかっこいいの」

その表情に、思わず仁千佳は赤面した。

（わー、きらっきら）

まつげがそよぐだけで光を放つような叔父の美貌は、間違いなく健児との恋人関係が成立してからパワーアップしている。恋で女性はきれいになると言うけれど、男もそうなんだなあ、などと関係ないことを考えた。

「えーと、ぜんぶって、具体的に言うと?」

「んん。やさしいとこ? 怒りんぼだけど、めんどうみてくれるし」

なんだかんだと理由をつけては和以が引き留めているらしく、和以と健児の同居生活は、相変わらず続いている。生活面ではだらしない和以の世話を焼くはめになっている健児は毎日のように怒鳴り倒しているようだが、見捨てて去らないあたりが健児らしい。

「でも、まえにも面倒見いいひととつきあってなかった?」

「四年くらいまえのやつ? あれは面倒見いいんじゃなくて、束縛体質だっただけ。別れたあと完全に、やばかったじゃん」

思いださせないで、と和以が眉をひそめる。仁千佳は「そうでした」と乾いた嗤《わら》いを漏らした。別れ話のあとにストーカーとなったその男は、ひどいつきまといをしたあげく、「自分のものにならないならいっそ」と和以に硫酸を投げつけようとしたのだ。

「ていうか、うん……健児の好きなとこは、そこかなあ」

「そこって、どこ」

唐突な言葉に仁千佳が目をしばたたかせると「たぶん、束縛するほど、おれのこと好きにならなそうなとこ」と和以はちょっとせつない目をして笑った。

「なんていうのかな。いつかもし、別れる日がきたら、ふつうに別れるんだろうなあって」

「……和以くん、それ」

「あ、もちろん別れる気とかないよ？　ただ、うーん、なんだろ」

んー、と首をかしげて和以は考えこみ「すごく、ふつうだから」と言った。

「健児って、なんでもいろんなことけっこうできる子だし、かなりレベル高いんだけど、でも、あたりまえのことあたりまえにするから。……困ってるおんなのこ助けるとか、あれ助けてる意識もないから本人、覚えてもないいんだよ」

なんかずるいよね。

そうつぶやいて、和以は口を尖らせる。そしてじろっと仁千佳をにらんだ。

「な、なに」

「仁千佳だってずるいよね。おれがまったく名前覚えてもらえないころから、仁千佳仁千佳ってかわいがってもらってさあ」

（うわきたー）

毎回この話になると矛先がこっちにまわってくるのだ。回避したつもりが失敗したと、仁千佳は目をそらす。

「ってそれはほら、おれはアルバイトで組むこともあったし」

「せっかくさ、《アノニム》のデリバリー届けるのもお皿さげるのも、バイトの子じゃなくておれがわざわざいっててもさ、毎回仁千佳といちゃいちゃしてってさ」

「してない！　誤解ありまくりだから、それ！」

「この間だって、グローブあげて頭撫でられて」

「あれは小突かれてたんだろ！」

頼むから嫉妬で事実をゆがめるのはやめて。仁千佳が頭を抱えたとき、救いの神がヘルメットを抱えてやってきた。

「……迎えにきたぞ、和以。お疲れ、仁千佳」

「あっ、健児さん。お疲れ」

声が聞こえたとたん、ぱ、と顔をあげた和以の姿に、仁千佳は噴きだすのをこらえるのが精一杯だった。わかりやすく目を輝かせた彼をよそに、健児は顔をしかめる。

「まだ着替えてねえのかよ。なにやってたんだ」

「なんか和以くんね、お客さんが、健児さ――」

「仁千佳よけいなこと言わない」

ぎろ、とにらまれて、仁千佳は「はあい」と顔をそらした。

「おれがなんだ？」

「なんでもない。着替えるから待って」

とろんとした顔で微笑み、和以は立ちあがろうとした。そこで、眉間のしわを深めた健児が「ちょっと待て」と言うなり、曲げた指を和以の顎に添え、くいと顔をあげさせた。そして長い指で、耳たぶを挟むようにしてふれる。

（……うわ）

なんだか、すこしなまめかしい画《え》だ。仁千佳がひっそり息を呑むと「やっぱりな」と健児はため息をついた。

「やっぱりってなにが？」

「和以、ちょっと熱あんだろ。耳たぶんとこ、赤い」

「えっ」

「あんたほんと顔に出ねえんだよな、汗もかかねえし。女優顔ってやつか」

声をあげたのは仁千佳と和以、同時だった。ずっとしゃべっていたのに、体調の変化など気づきもしなかった。驚く仁千佳をよそに、和以のロッカーから上着をだした健児は、それを和以へとつきつけながら言う。

「着替えいいわ。タクシー呼ぶから、これ着て車で帰れ」

「え、でも健児、バイクは」

「あほか。風邪気味のくせにタンデムなんかしたら、ひどくなるだろうが。気管支あんま強くねえだろ。食いもの扱う店にいんだから、健康管理ちゃんとしておけ」

べしっと額をたたく手に容赦がない、けれど言っている内容は大変——大変に、あまい。おまけに「喉冷やすな」と、自分がしていたショールを和以に巻きつけているありさまだ。

「……健児さんてさあ……」

「あ？」

なんだかいたたまれなくなった仁千佳は顔をしかめる健児に向けて「なんでもない。えーとタクシー呼ぶね」とかぶりを振る。電話で呼びだしたなじみのタクシー会社からは、五分で迎車が到着するという返事をもらった。

「健児さんはバイクで帰る？」

「いや、こいつたぶん——」

言いかけたところで、しなだれかかってきた和以を当然のように健児は受けとめた。

「——もう立てねえだろ。熱って自覚すっと具合悪いのひどくなるしな」

「あーあー」

健児の腕のなかにいる和以を覗《のぞ》きこんでみると、ぐったりと目を閉じている。さきほど、なにやらぐだぐだと言っていたのは熱のせいもあったらしい。

そして仁千佳は「あれ」と思った。

「ねえ、それわかってるなら、健児さん、なんでいま指摘したのさ」

自覚させないほうが、すくなくとも家に帰るまで意識は保っただろうに。そう問いかけると、健児はあっさりと言ってのけた。

「だって言わなきゃこいつ、二ケツで帰るだろ」

「……ええっと、それは、まあ」

言いながら、仁千佳はなんとなく遠い目になった。具合の悪い和以を、バイクで走る際の風にさらしたくないというのはわかるが。

（でもいまってもう、初夏なんですけど……）

それほど寒い時期でもないのに、そこまで気を遣うのか。

「お、タクシーきたか」

クラクションの音に気づいた健児は、まるっきり当然のように和以を抱きあげた。さすがにお姫さまだっことはいかないが、一七八センチはある彼を子どもでも抱えるように軽々扱うのは、彼の膂力《りょりょく》があればこそだ。

「悪いけど、バイクちょっと停めさしといてくれって、矢巻《やまき》さんに言っといて」

「……うん、わかった」

「じゃあな」

「ばいばい。和以くん、ちゃんと休みなね」

くたっとしたまま、健児の広い肩に頭をあずけた和以は、仁千佳の声にも反応しなかった。

そのくせ、健児が「落ちるからつかまっとけ」と低い声で言うなり、首に腕をまわしてぎゅっと抱きつく。

「きついか」

「んん」

「寝てろ」

「ん」

そんな短いやりとりなのに、ふたりの声にものすごいあまさを感じて仁千佳は赤面する。あたりまえのことをあたりまえに。それはそうだろう。風邪気味の相手を気遣うのはあたりまえだし――〝恋人を大事にする〟のもあたりまえ。

（和以くんについて、ド、がつくほど過保護なのって、ほんとは健児さんだと思うんだ……）

ただ本人、その自覚がない。まして、思考回路がちょっと特殊で、ある意味子どもっぽい和以には、通じにくいのだろう。

「愛されまくっちゃってるよねえ」

告白すらできないおんなのこに脅威を感じる必要などないのに。ああしてしがみついて離さないうちは、健児もまた離そうとしないだろうに。

（恋愛って大変そうだ）

はあ、とため息をついて、仁千佳はまだなんとなく赤い顔を手のひらであおいだあと、はたと思いだした。

「そうだ、レポート」

書きかけていたファイルを開き、手早く、いま見たばかりの光景についても記していく。

和以は大学のレポートだと思いこんでいたようだが、これは仁千佳がある人物——父の事務所で現在は経理をおこなっている相手へと送るためのものだ。

「……『以上のような状態ですので、和以くんに関しては大変幸せそうであり、健児さん自身への脅迫行為などなくとも、充分大事にしてくれているようです』……っと」

和以が少女モデルとして活躍していた時期からファンだった彼は、もしも健児があの叔父を泣かせるようなことでもあればと、ずいぶん心配していたらしい。いろいろ助けてもらうことも多かったので、仁千佳はざっくりと聞き取り調査をすることに賛同したのだが。

「ほんと、あれは心配いらなさそう」

あたりまえの別れを知る健児だからこそ、別れないための努力もたぶん、してくれることだろう。偏執的に和以を愛するのではなく、メンタルがフラットで——『ふつう』であるのは本当に、和以にとって得難い幸運のはずなのだ。

やっかいこのうえない叔父だけれども、仁千佳の大事な家族だから。

「ほんと健児さん、お願いしますね」

つぶやいたとたん、誰かがくしゃみをする音が、聞こえた気がした。

本作は『爪先にあまく満ちている』のスピンオフ。おひさしぶりの『グリーン・レヴェリー』シリーズ――ですが、今回はシリーズ名である会社が一瞬の表記以外でてこない結果となっております。過去三作はわりとシリアスよりな雰囲気だったのですが、前述したようにいままでのメイン舞台だった癒し系の《グリーン・レヴェリー》から、すちゃらかなんでも屋《アノニム》へと変わり、キャラクターたちも一新です。

そして前回の『爪先〜』で登場した笹塚健児、こちらはありがたいことに初登場時から意外に人気をいただいて「健児を幸せにしてください」という感想もたくさんいただきました。

青春の苦悩をテーマにしたような前作で、ある意味おいしいところを持っていった彼だったわけなのですが（個人的にああいう、下心のない第三者的立ち位置の男は、エンタメ的創作にもっともかっこよく見えるものだと思っております）、その彼が主役になるにあたり、今回はいろんな意味でがらっと空気を変えてみました。

なにより主役かたわれである和以。いままでどちらかというと、過去のせいでいささか暗い空気をまとった受けばかりだったんですが、思いっきりアッパーな方向にかっ飛ばしてみました。ふにゃふにゃゆるい超絶美人、書いていて楽しかったのですが、オラオラ×ビッチのつもりで書きはじめたのに、怒りんぼ世話焼き×天然に仕上がっていて、相当コメディな雰囲気になっちゃったのは和以の性格によるところかなと。

じつのところ、シリーズ最初の『心臓がふかく爆ぜている』からこのお話までは、時系列的に言うと十八年ほど経過している計算になってしまうのですが、SF的に書くのも変な話なので、前回に同じく時代背景等は現代のまま、という雰囲気でお届けしております。そこのあたりはお話ということで、ふわっとした感じでひとつ。

今回濃いめの新キャラもたくさんでまして、なんとなく今後も続けていけるかも？　という感じですが、メイン舞台は《アノニム》に変化しそうです。

おっと紙面がもうございません。今回もお世話になった志水ゆき先生、またもやご迷惑おかけして申し訳ありません。裸毛皮に裸ジャケットのふたり、本当に素敵でした。次回も、よろしければまたお願いいたします。そして担当さま、今回もミラクルをありがとうございました。あとRさん、チェック本当に毎回さんきゅーです。ほか友人たちも感謝感謝。

そして今月は、BL以外の単行本が他社刊ですが刊行されます。恋愛小説『トオチカ』、よろしければお手にとってみてくださいませ。ルチルさん次回作は六月、慈英《じえい》と臣《おみ》の第二部完結編『あでやかな愁情』となります。こちらもなにとぞよろしくお願いいたします。

あ、そしてこのシリーズのドラマCDもございます。興味のある方は幻冬舎コミックスのHPなどでご確認いただけると幸いです。

告知だらけになってしまいましたが、これにてあとがき終了いたします。

またどこかでお会いできますように！

✦初出　吐息はやさしく支配する……………書き下ろし
笹塚健児に関する報告書……………書き下ろし

崎谷はるひ先生、志水ゆき先生へのお便り、本作品に関するご意見、ご感想などは
〒151-0051 東京都渋谷区千駄ヶ谷 4-9-7
幻冬舎コミックス　ルチル文庫「吐息はやさしく支配する」係まで。

幻冬舎ルチル文庫
吐息はやさしく支配する

2013年4月20日　第1刷発行

✦著者　崎谷はるひ　さきや はるひ
✦発行人　伊藤嘉彦
✦発行元　株式会社 幻冬舎コミックス
〒151-0051 東京都渋谷区千駄ヶ谷 4-9-7
電話 03(5411)6432[編集]
✦発売元　株式会社 幻冬舎
〒151-0051 東京都渋谷区千駄ヶ谷 4-9-7
電話 03(5411)6222[営業]
振替 00120-8-767643
✦印刷・製本所　中央精版印刷株式会社
✦検印廃止

ISBN978-4-344-82815-5　C0193　Printed in Japan